Le journal d'une cloche

Du même auteur :

« Une vieille dame en maison de retraite »
sous le pseudonyme de Joseph Barbaro
(Edition L'Harmattan)

« Des gens de pas grand-chose
dans un petit pays de rien du tout »
Tome 1, 2 et 3
(Edition de la Mouette)

Le journal d'une cloche

Roman

Jean Tirelli

N°ISBN : 978-2-917250-61-7

Crédit photo 4ème de couverture : Jocelyne Giraudo
Maquette première de couverture : CaL's Design
Mise en page : PLC

7 novembre 2010

Magique ! Cette machine est magique. Je frappe et les lettres s'incrustent sur un écran. Une petite tape sur *suppr,* et les voilà qui disparaissent. Du merveilleux pour trois cents balles, c'est pas cher !

Moque-toi, jeunesse ! Sache que tu ris comme j'ai ri, jadis quand ma grand-mère fixait avec les mêmes yeux étonnés cette nouvelle invention qu'on appelle encore aujourd'hui téléphone.

Si je tape sur des touches de machine à écrire, c'est que la calligraphie n'est pas mon fort. Quand j'écris au stylo-bille, je t'assure que j'écris bien ! Mais, dix lignes plus bas, mes doigts deviennent paresseux et mes phrases s'étirent comme un ressort fatigué. Les collines des **n** et des **m** deviennent des plaines à tel point que je n'arrive même plus à me relire.

Un jour, un prof m'a cloué au mur. Alors qu'il pestait devant ma copie, je lui avais répondu que je n'y pouvais rien, qu'au bout de quelques lignes, mon écriture dégoulinait comme de la guimauve. Il m'a crucifié en affirmant que ma calligraphie était sans doute à l'image de mon esprit.

Ce n'est que plus tard, quand je me suis retrouvé à la rue que je me suis dit qu'il avait peut-être vu juste.

Avec ma machine, je ne sais pas si ce que je dis est plus subtil mais en tout cas, rien ne dépasse et même si le contenu est nul, de loin, à la vue de ces lignes bien régulières et parallèles, ça a l'air bien. Dire qu'on peut dire les pires bêtises avec une écriture et une mise en pages parfaites !

Et puis, je me suis dit : Et si c'était la main qui perdait ses doigts ? En quelques milliers d'années, on a déjà perdu notre flair, notre *nazole* comme on dit dans mon pays, qui sait si nos mains ne vont pas s'atrophier ? Après tout, pour taper, deux doigts suffisent.

Je me souviens qu'après la deuxième guerre mondiale, on s'était mis à rêver à un monde meilleur, un monde aux mains propres, aux cols blancs et impeccables. Les mères s'extasiaient quand elles apprenaient que le fils de la voisine était devenu ingénieur, avocat ou médecin. Elles s'en vantaient devant leur mari qui, les ongles noirs de cambouis, se moquait, semblant dire : « Et moi, je suis quoi, un moins que rien ? ».

Non, je crois que demain, on aura encore besoin d'hommes de main.

Et pourtant, malgré tout, les ouvriers disparaissent. Je me souviens du temps où des petits génies sortis des grandes écoles imaginaient que la France serait la tête et les Chinois les mains. Nous, on devait fabriquer les brevets et les Chinois les bagnoles. Mon cul ! On a perdu les usines et bientôt on va perdre la tête. On a pris les pays pauvres pour des cons juste bons à exécuter nos ordres. C'était un vieux reste de colonialisme. Aujourd'hui, on est les Thierry Lhermitte du « dîner de cons ». La France a besoin de rabaisser son caquet et revenir à sa taille normale. Les petits ont grandi et nous, sans bouger, on a rapetissé. Normal !

Je dis : Vive les mains sales ! Moi, la main, je la tends. Faut la tendre avec fierté comme un étendard, parce que derrière cette main, il y a tous les plus beaux monuments du monde.

8 novembre

A propos de mains, il y a un mois, je tendais ma louche devant le château d'Aubenas quand je vois un gars venir vers moi. Il me dit qu'il travaille pour un éditeur et il lâche, flatteur comme le renard de la fable : « Je cherche un écrivain. »

Il me fait le coup du ramage et du plumage et des hôtes de ces bois, bref, il me mâche son charabia, et j'apprends qu'il s'est déjà entendu avec une pute, un taulard, un immigré sans papier, un pédé, un transsexuel et un nain, des gars qu'il appelle des « décalés de l'extrême ».

Il voulait que je raconte ma vie de clodo. Il m'a dit : « Plus c'est choc, plus c'est bath, plus c'est bath, plus c'est fric ! ».

Il voulait créer une collection appelée « Témoins de l'extrême », des livres entre cent et deux cents pages, écrits à la va comme je te pousse, mais remaniés par des pros à la maison d'édition, « les éditions de la marge à suivre ».

C'était un rabatteur de marginaux susceptibles de lui rameuter des histoires louches, un peu extraordinaires, avec du sang, du sexe, des larmes et de la violence, bref, du *trash* comme disent les jeunes aujourd'hui.

Il m'a proposé deux euros la page, plus un ordinateur portable gratuit. J'ai dit oui, sans réfléchir.

Et me voilà, avec ma chose sur les genoux, en train d'écrire ce qui me vient à l'esprit, ce que je vois, ce qui m'arrive. Je dois mettre la date avant chaque chapitre et transformer les noms quand je parle de personnes qui existent. Je peux dire du mal de tout le monde à condition qu'on ne puisse pas les reconnaître. Fastoche !

A la fin de son laïus, il m'a fait sourire. « ...n'essaie pas de bien écrire ! ». Je veux bien, mais encore faudrait-il savoir ce que bien écrire veut dire. Moi qui ai poussé mes études dans le fossé pour m'en débarrasser et lu un seul livre jusqu'au bout, j'ai bien du mal à savoir déjà ce qu'écrire veut dire.

Il m'a traîné dans un cyber café et m'a montré comment envoyer les textes par les ondes. En prime, il m'a laissé une petite chose qu'il a appelée une clé USB.

Une clé USB, c'est une petite connerie qui n'a rien à voir avec une clé. C'est pas plus grand qu'un coupe-ongles et ça peut contenir une grande quantité de pages écrites. Cette clé, tu la plantes derrière l'ordinateur comme un couteau dans un bide ; mais attention, surtout tu ne la tournes pas comme une clé sinon tu la pètes. Et là, quand tout marche bien, quand tu ne fais pas de fausses manœuvres, tu vois apparaître sur ton écran des milliers de lignes d'écriture aussi droites les unes que les autres. Magique !

9 novembre 2010

Ça y est, j'ai ma page. J'ai écrit ma première histoire que j'ai mise sous clef. Je viens de gagner au moins deux euros. Pas tout à fait quand même parce que celle-là, je ne l'enverrai pas. D'abord, il faut que je me chauffe. L'écriture, c'est comme la course, t'attaques pas un cent mètres à froid.

J'ai décidé de séparer les textes que j'enverrai et ceux que je garderai dans mes archives. Dans cette première histoire traînent des lambeaux de pensées que j'ai virés. Comme je suppose que mon éditeur n'en aura rien à faire, je garderai ces épluchures pour moi, dans ce chapitre-ci.

Ces épluchures seront pour celui ou ceux qui, après ma mort, peut-être, trouveront ces lignes.

Parce que, pour que ma main tapote sur les touches, j'ai besoin de parler à quelqu'un, sinon mes doigts ne gigotent pas. Alors, si tu existes, si ces lignes paraissent un jour, tu seras mon alibi.

Seules les paroles meurent, m'a dit Jules, quand je lui ai dit que je suis devenu écrivain en deux coups de cuillère à pot. En effet, si je meurs, personne ne pourra jamais récupérer mes pensées. Mon manuscrit, si.

Jules m'a dit que c'est pas un manuscrit parce que c'est pas écrit à la main.

« Et mes doigts, qu'est-ce qu'ils font, du tricot ? » je lui ai répondu.

« On devrait dire *ordinoscrit*, il insiste. Ecrit à l'ordi, pas à la main. Parce que maintenant, la machine peut comprendre ce que tu dis. Bientôt tu vas pouvoir parler devant un micro et voir la machine écrire à ta place. »

J'ai pas insisté. Quand Jules a une idée fixe dans la tête, comme les poux, faudrait le gazer pour qu'il cède.

Les hommes sont bêtes. Il aura fallu que quelqu'un me propose d'écrire pour que je me prenne pour plus que rien. J'ai beau ne pas croire aux flatteries de ce rabatteur de paumés, je persiste à croire que peut-être... Faut-il être bête ?

C'est l'occasion qui fait le larron. Même si je sais que ce filou ne me prend pas pour un écrivain, je suis libre de penser que je vaux au moins un petit quelque chose. Les hommes sont de grands enfants. Tu mets le pire des ânes devant un ordinateur, il se prendra immédiatement pour une mule, et si tu l'encourages un peu plus, il hennira comme un étalon.

Maintenant, les présentations : Robert Krantz, dit Jeannot. Qui je suis, ou plutôt, qui suis-je, comme on dit quand on est écrivain ? Une cloche. Je dis cloche parce que ça sonne bien. Facile. Mais juste ; je suis une cloche, un clochard.

Clochard, c'est un mot de ma génération. J'ai soixante quatre ans, et de mon temps, on ne disait pas S.D.F. On disait beaucoup de choses, des choses imagées, plus ou moins respectueuses, quelquefois insultantes ou rigolotes, mais jamais S.D.F.

Le fonctionnaire qui a aligné ces trois lettres a dû sécher devant son écran. Il a regardé son clavier, il a vu que le S, le D, et le F étaient côte à côte, alors il s'est pas foulé, il a tapé trois fois et ensuite s'est demandé ce qu'il pouvait faire avec. Je plaisante. Je viens juste de le remarquer en tapant ce texte.

J'aime pas S.D.F. Parce que ces trois majuscules disent que je suis « sans ». Bientôt, la société de consommation va nous tenir par le bout de ce qu'on n'a pas. Il y a les sans télé, les sans internet, les sans jacuzzi, les sans bagnoles, les sans scoubidous, les sans rien du tout, et comme ça, à l'infini. Tu es quoi toi ? Je suis un S.R.F, Sans Râpe à Fromage ! Et toi ? Moi, un S.F.S.A, Sans Fusible Seize Ampères !

Selon ces bien-pensants qui te tatouent ces trois lettres sur le front, de quoi je manque pour être heureux ? Fastoche ! Un appartement ou un petit pavillon. Dans le mille !

Et puis ils sont fins les loustics ; avec le F, ils me susurrent, sans en avoir l'air, que si l'appartement pouvait ne pas être sur roulettes, ça les arrangerait bien.

Je ne veux pas d'appartement, ni de pavillon, qu'il soit fixe ou pas. Et d'abord, qui peut me dire de quoi je manque et ce que je devrais réclamer pour être heureux ? Comme ces braves bourgeois se disent heureux, paix à leur âme, ils pensent que tout le monde doit désirer la même chose. Et quand ils rencontrent un gars qui ne désire pas ce qu'ils désirent, ils se sentent mal. A mon avis, je leur mets le doute. Alors, ils se rassurent en écrivant S.D.F avec des majuscules au cas où j'aurais pas compris que j'ai besoin d'un D qui soit F.

Le seul avantage de ces trois majuscules, c'est que dans les journaux, ça me met à égalité avec E.D.F, S.N.C.F, A.G.F, G.D.F. Je fais partie du paysage officiel, comme ces textes qui paraissent dans le journal du même nom.

Qu'est-ce qu'ils ont contre clochard ou vagabond ? Moi, ça ne me vexe pas d'être traité de clochard ou de clodo. Ces mots ne sont peut être pas officiels, mais au moins, ils sonnent juste.

Le dico dit : est clochard celui qui cloche, celui qui boite. Voilà, c'est pas plus compliqué. Ma vie est boiteuse. Je boite, pas de la jambe, je boite du ciboulot, d'une vie cassée en deux, à l'endroit de mes trente neuf ans.

J'ai l'air de couper les cheveux en quatre, mais on n'imagine pas combien un petit mot de rien du tout peut vite nous blesser. S.D.F, c'est froid comme la glace, clodo, c'est tiède, c'est tiède comme une bonne bourrade amicale.

A mon avis, il y a du pacte sous ces trois lettres qui dégoulinent de dignité. « D'accord, on ne vous fait pas la morale, on ne vous traite pas de va-nu-pieds, de moins que rien, de manants, mais vous, en contrepartie, vous vous engagez à ne plus être sans, à être avec... si possible, une baraque, un boulot, une femme, des enfants, une bagnole, internet et un livret A ! »

Chassez la morale, elle vous revient par derrière,... et je suis poli !

Est-ce que je les appelle A.D.F, « Avec Domicile Fixe », moi, ceux qui vivent dans les normes ?

Si vous aviez été simples et plus poètes, Mesdames, Mesdemoiselles, Damoiseaux et Messieurs, vous auriez proposé vagabond. Voilà un mot léger, poli et tiède comme de l'eau chaude. Ce mot rappelle la mer, ses vagues, le vague du doute, le bond en l'air ou en avant, l'énergie de vie, quoi ; c'est ni positif, ni négatif, ça sent bon la flânerie, le voyage, l'aventure et l'ailleurs. Voilà un mot assez riche en couleurs et en saveurs pour nous faire un décor et une atmosphère, non ?

Et ne dites pas que je suis une victime, de grâce ! Si je fais le compte de toutes les bêtises que j'ai faites dans ma vie, je peux dire que ce qui m'arrive est amplement mérité, pas comme une punition, non, mais comme une chose obligée, comme ces chiens qui ne font pas des chats.

13 novembre

Depuis peu, j'ai le sentiment d'être épié. Il se passe quelque chose. Je me sens menacé, comme si je voyais arriver la fin. Il aura suffi que j'inscrive des dates en haut de mes pages d'écriture pour que le temps se remette à tourner ses roues. Jusqu'ici, j'avais l'impression d'être sur un quai. A présent, je suis monté dans ma machine comme on monte dans un train. Faudra bien qu'il arrive. Et il arrive toujours à la même gare. Terminus.

Il y a bien ces trois gars qui viennent régulièrement au bar et qui me reluquent, mais j'imagine que c'est pour ma dégaine. Ils ont l'air pourtant sympathique... J'ignore s'ils m'épient ou s'ils se moquent de moi.

Secoue la tête et ressaisis-toi, tu délires mon pauvre Jeannot !

Changeons de sujet.

J'ai fait une découverte. Quand je parle, je ne mets pas les ne et les n', par contre quand j'écris, une force me pousse à les insérer. Voilà qu'en écrivant, je ne m'entends plus parler, je m'entends écrire. Comme si subitement, j'étais un autre, et... bien éduqué, qui plus est.

Que faire ? « Je m'entends pas » ou « je ne m'entends pas » ? Ecrire comme on parle, ou écrire comme il faut ?

Qu'est-ce que tu préfères ? Tu dis rien, tu t'en fous ! Je crois que je vais écrire à l'oreille. Je vais me relire et m'écouter comme le ferait un musicien ; je ne suis pas Victor Hugo, tout de même. Je verrai bien de quel côté ça tournera.

Autre découverte : les paroles ne peuvent pas s'effacer dans la tête de celui qui les a entendues. Je ne sais pas si tu as remarqué, mais, quand en parole, tu te reprends, tu ne fais qu'aggraver ton cas. On te reprochera toujours le mot de travers, celui qui t'a échappé. Par contre, ce qui est écrit peut se modifier, surtout sur cette machine qui peut tout jeter à la poubelle rien qu'avec un coup d'index. Avec cette machine, tu peux supprimer un lapsus après relecture. Tu peux même cacher tes petites saloperies et te faire passer pour ce que tu n'es pas. Pratique !

Quand tu parles, tu parles dans le temps. Va-t-en remonter le temps ; ce qui est dit est dit ! Par contre, quand tu écris, le temps, tu le remontes, mais comme une horloge. Après, c'est à toi de jouer, comme ces petits automates qui ont une clé qui se remonte à l'envers.

Mais, assez bavassé. Ce matin, alors que je tournais la tête dans tous les sens pour savoir pourquoi j'avais cette désagréable sensation d'être observé, j'ai fait une rencontre qui m'a gâté la digestion. Je vais te raconter.

Je suis debout, pas loin de l'entrée du supermarché de St Etienne-de-Fontbellon et je tends ma louche. Quand je quête, le plus souvent, je dis rien mais parfois, histoire de saliver un peu, je sors quelques bêtises aux passants.

Et voici que passe un gars, beau comme un dieu, l'œil intelligent, propre sur lui et habillé avec goût. J'en profite pour lui demander une petite pièce avec mon sourire le plus gentil. Il me dit : « non ». Jusque là, rien de bien grave : la routine.

Moi, je réponds : « merci », comme d'habitude, toujours avec le même sourire, sans moquerie. Juré, craché ! Mais, le voilà qui s'arrête et revient sur ses pas pour me dire, la tête haute et le menton en avant :

— Mais enfin Monsieur, je vous refuse un peu d'argent et vous, vous me dites merci ? Vous n'avez pas envie de me cracher à la gueule ? Mais vous êtes une larve. Bon sang, révoltez-vous, insultez-moi ; vous savez combien je gagne par mois ? Vous ne pouvez pas imaginer… Mais comment voulez-vous que le monde change s'il n'y a que des gens comme vous qui se laissent exploiter, qui courbent le dos comme des valets.

Levez-vous, battez-vous, défendez-vous, bordel !... Vous n'êtes qu'un mouton de Panurge !

Et il est parti, d'un pas rapide et furieux, les poings au fond des poches, cache-nez au vent.

Je suis resté sans voix tant j'ai été choqué. Et puis, j'ai senti la colère monter en moi.

Je me suis mis à parler tout haut, à personne d'ailleurs, parce qu'il était trop loin pour entendre.

« Mais qu'est-ce que c'est que ce révolté de Prisunic. Tu te sens tellement coupable d'avoir de l'argent que tu rêves de te faire rosser par des opprimés. Tout ça pour que la pression de ta culpabilité baisse dans la cocotte. Maso. Tu es collé à ton fric comme une chaussure au macadam gluant, et comme tu n'oses pas faire la révolution, tu demandes aux pauvres d'aller la faire à ta place, nous devant, toi, derrière. Comme si c'était à nous de faire tout le travail. Non, mais pour qui tu te prends, petit père la morale ? »

Moi, j'ai pas envie de faire la révolution. Si ce gars se sent mal avec son argent, qu'il le donne et qu'il ne me dise pas de monter au front. Je parie que le jour où ce bonimenteur se fera agresser par des loubards, il leur trouvera des circonstances atténuantes. Et, après s'être fait rosser, qui sait s'il ne sera pas soulagé d'avoir payé pour ses péchés de riche ?

S'il savait ! J'ai répondu merci, parce que, lui, au moins, il m'avait répondu. Tant de passants s'écartent ou font semblant de ne pas avoir entendu. Alors, quand on me répond, même non, je me moque du non, suffit qu'on m'ait parlé comme un humain.

Décidément, je ne comprendrai jamais les riches. Ou bien ils sont arrogants, ou ils ont honte.

14 novembre

Je viens de m'installer devant le supermarché et voilà que le directeur me lance un regard sombre. M'est avis que je ne vais pas y rester longtemps. Faudra bientôt changer de crémerie. On verra.

Hier, j'ai dit que j'étais une cloche. C'est à peine exagéré. J'ai loupé tant de choses, fait tant de bêtises après mes vingt ans que, pendant longtemps, c'est la honte qui a été mon quotidien. Cette honte s'est desséchée, a durci, et est devenue le sol sur lequel j'ai marché. J'en ai fait quelque chose de dur et de porteur. Aujourd'hui, c'est plus de la honte, c'est de la résignation.

J'ai pas tué, j'ai pas volé, j'ai pas violé, non plus. Alors, tu me diras ?

Alors, rien. C'est ça qui est le plus extraordinaire. Il n'y a aucune raison valable pour que j'en sois là. Pourtant, des bonnes raisons, je m'en suis trouvé. Mais, aussitôt trouvées, aussitôt disparues. Je n'arrivais pas à y croire. Bidon, c'était des raisons bidon.

Et me voilà comme un con à ne pas savoir pourquoi je vis dehors.

L'enfance ? heureuse. La santé ? bonne. L'intelligence ? normale.

Je vivais avec une femme. Tout allait bien, jusqu'au jour où elle m'a parlé d'enfant. Tu connais les femmes ; ça veut fonder. Tu connais les hommes ; toujours un train de retard ou les yeux sur le cul d'une autre femme. Le couple a chauffé jusqu'à la brûlure, et ça a fondu. Il y a vingt trois ans. Va trouver des raisons à un amour qui s'évapore, à la bêtise d'un homme, aux illusions d'une femme !

Et puis, un jour, je suis parti. Ça m'a pris comme une envie de pisser. A cent kilomètres de la maison, je me suis senti bien, libre. J'ai fermé les yeux et j'ai essayé d'oublier la souffrance de ma femme et de ma famille. D'un côté, une liberté comme celle d'un oiseau, de l'autre le remord de laisser tout le monde en plan. C'est l'oiseau qui a gagné. Et puis, de mois en mois, tu oublies, tu oublies qu'une autre vie a existé. Et tu crois que celle que tu vis, c'est celle que tu as toujours vécue. Ça t'épates, hein ! Vrai que l'alcool m'y a un peu aidé. J'ai bu. J'ai bu jusqu'au jour où, il y a trois ans, le toubib m'a dit : « Ou tu arrêtes ou tu cannes ! » J'ai arrêté. Il avait raison. Je suis pas encore canné.

Tu ne comprends toujours pas ?

Alors, je vais te faire une rédaction bourrée de bonnes excuses. Toi, bonne pomme, tu vas comprendre ; tu crois que tu vas comprendre. Tu seras même content d'avoir compris. Et, une fois que tu me diras que tu as compris pourquoi j'en suis arrivé là, moi, je te dirai : « Poisson d'avril, tout ce que je t'ai dit, c'est du pipeau, c'est des bobards, des fausses excuses. »

Ne cherche pas à comprendre, même moi, je ne comprends pas !

Assez bavassé !

Comme dans les appartements occasionnels que je me forçais à occuper, je m'ennuyais à mourir, je suis parti sur les routes. Et depuis, j'y suis. Libre comme l'air pur.

Les gens ne se rendent pas compte que c'est dans la rue que les emmerdeurs de mon espèce font le moins de mal. S'ils comprenaient ça, les bien-pensants ne se précipiteraient pas à nous mettre dans un cube plein de radiateurs électriques et de robinets.

S'ils savaient combien c'est dur de garder un peu de sous pour les charges, quand il y a tant de choses belles et bonnes à acheter. Et je ne parle pas seulement de l'alcool ou de la clope. Regarde dans les supermarchés et fais le compte des babioles qui s'y entassent !

A cette époque où j'espérais encore payer mes charges, je me disais toujours que le proprio et l'Etat pouvaient attendre puisqu'ils étaient plus riches que moi. J'avais beau me dire, un peu coupable, que l'argent de l'Etat c'était l'argent de ceux que je croisais dans la rue, je me consolais en me disant qu'en ne payant pas, je ne faisais que voler un centième de centime d'euro. Qu'est-ce que c'est, un centième de centime d'euro ?

Les assistantes sociales me faisaient la leçon et m'apprenaient à calculer, à gérer mon budget. Ah, pour calculer, je calculais bien. Ça tombait toujours juste. Je savais combien je devais garder en réserve ; mais va-t'en résister à un bon pastis, une bonne bière, un loto, des cigarettes, des religieuses au chocolat et surtout, à des tournées à n'en plus finir avec les potes !

Je suis un cas désespéré. Au point où j'en suis, ça me laisse une grande marge de progression... que je me garde bien de remplir. Les maîtresses m'ont toujours dit : « Tu ne mets rien dans la marge ! ». « Oui, maîtresse ! »

30 novembre

J'ai une sorte de miroir qui me reflète une lumière chaude sur mon dos. Je suis sûr qu'on me regarde. Deux mirettes me brûlent la nuque.

Mais comme je ne vois rien, je me gratte le bas du crâne, là où ça chauffe et j'essaie d'oublier. Je ne deviendrais pas parano tout de même ?

Ces jours derniers, j'ai eu une très forte grippe. Dans ma cabane, construite dans la forêt, ma résidence secondaire en somme, je suis resté étendu une semaine, dans un demi-coma. La mort ne m'a pas voulu ; elle m'a rendu à la vie comme on dégueule une saloperie.

Je dois te dire que j'ai plusieurs domiciles, sinon tu ne comprendras rien : un matelas derrière la supérette, ma cabane sur un arbre dans un petit bois près d'Aubenas pour les jours où ça chauffe et un trou dans la terre, une sorte de tombe que j'occupe quand ça descend en dessous de moins dix. Ceux-là sont les officiels, les autres sont occasionnels, pas la peine de les citer, ils sont trop nombreux.

Donc après la sortie de ce coma, je reprends mes écritures. J'ai mis un certain temps à remettre en marche mon ordinateur. Le gel n'arrange pas les batteries. Un réparateur me l'a remis sur pied pour rien. En contrepartie, la nuit, je jette un œil sur son magasin.

Quand j'ai dit oui à mon éditeur ou plutôt à son rabatteur de paumés, il m'a donné trois cents euros comme prime d'entrée dans la confrérie des scribouilleurs. Je lui ai bien dit que l'ordinateur serait volé au bout de quelques heures. « Tant pis ! » qu'il m'a dit.

L'ordinateur, je l'ai toujours. Miracle ! Comme quoi, il y a encore des surprises dans ma vie. Mieux, on me le bichonne, on me le garde parfois. Les copains y font attention comme à leur bouteille de Viognier. Ils croient sans doute que je vais parler d'eux et de leur vie. Moi, j'ai rien promis. Qu'ils ne croient pas que je suis leur porte-parole !

Le rabatteur m'a dit : « Tu écriras comme si tu parlais au lecteur ; tu le tutoieras, c'est plus familier, ça fait plus S.D.F ! ». Ça, je l'ai pas attendu pour le faire.

Je lui ai précisé que j'étais pas sûr que ce que j'écrivais pourrait intéresser les gens. « Si c'est nul, je le publierai pas. Tu pourras garder l'ordinateur. Arrête à deux cents pages, pas plus. Après, les gens se lassent ! »

Alors, je me suis mis à chercher des choses extraordinaires, des choses érotiques, voire pornos, violentes, scandaleuses, de quoi faire se dresser les cheveux sur la tête des lecteurs. Avec l'aide de mes potes, j'ai trouvé un tas de saloperies et je les racontées comme je peux, à ma façon, avec mon écriture et mes fautes d'orthographe.

Il m'a dit : « Il faut que les gens sentent votre souffrance ! ».

Notre souffrance. Et pourquoi, on devrait souffrir ? Oui, je sais, on n'a pas de sous, on a froid et les gens nous regardent souvent de travers ; mais on ne souffre pas plus qu'un homme normal. Et puis, on a sa fierté, on n'étale pas sa souffrance comme ça. On est pudique comme tout le monde !

Revenons à notre propos comme dirait Victor Hugo ; à propos de souffrance… Un jour d'hiver, des caméras sont venues dans le quartier pour filmer les S.D.F. Les journalistes sont arrivés accompagnés d'une femme qui passe de temps en temps pour aider les nécessiteux. Elle les a conduits directement vers Mehdi. Elle avait bien choisi, la bougresse. Mehdi, il lui reste un si petit souffle de vie que si tu respires trop près de sa bouche, il canne, parce que tu lui auras brûlé tout son oxygène. Il a les jambes crevées de furoncles et son intérieur est plein de globules blancs, tant c'est faisandé. Dans sa tête, c'est de la sauce blanche, sans parler de ses yeux qui brillent comme des phares allumés en plein jour. Mehdi va mourir ; je me demande ce qui le fait encore tenir assis.

Cette brave dame a traîné les journalistes près de lui et, devant les caméras qui salivaient déjà, elle lui a parlé comme on parle à un bébé. Elle s'est répandue sur lui de toute sa graisse compatissante. Elle l'a poussé à parler de sa souffrance, de ses douleurs, de sa vie pourrie, quoi. Lui, a tenu tant qu'il a pu, le menton sur sa poitrine, ses deux mains plantées entre ses deux cuisses serrées comme un étau : « Hein Mehdi, que c'est dur cette vie, hein Mehdi. Mais tu sais que je suis là, hein Mehdi. La Rose, elle est là... Regardez, il n'arrive même plus à parler, hein Mehdi, tu n'arrives même plus à parler tellement tu as mal !...»

Alors, Mehdi a éclaté en sanglots. Les caméras ont frémi comme aurait frémi la queue d'un chien. La brave dame a levé les yeux au ciel comme sainte Thérèse d'Avila au moment de jouir et Mehdi s'est fait mettre en boîte. Après quelques caresses sur son épaule, un paquet de cigarettes jeté sur ses genoux, la petite équipe de reporters est partie vers une autre souffrance.

Heureusement que tous les gens qui nous aident ne ressemblent pas à la Rose. Je prétends que la vraie charité doit être couillue, pas pleurnicharde, ni dégoulinante de bonté. Quand les gens éclatent en sanglots c'est souvent parce qu'ils ne peuvent pas te dire que tu les fais chier.

Heureusement, toutes les caméras ne sont pas aussi bêtes.

Après leur départ, avec mon pote Jules, on est allés s'asseoir près de lui ; on lui a offert un coup à boire. Je lui ai dit qu'en Afrique du nord, les jeunes faisaient du grabuge et que ça se libérait un peu. Il a souri. Je lui ai parlé de tout ce qui allait bien dans le monde. Ses phares se sont éteints et il a dit : « Je laisse un monde qui rue dans les brancards ; mon pays gigote comme un bébé, c'est bien ! »

3 décembre

D'emblée, cet ordinateur a étonné. Chaque fois que je l'ai sur les genoux, les gens marquent un temps d'arrêt. « Il l'a volé ou quoi ? ». J'ai dû expliquer dix fois que non. Les flics n'ont même pas voulu se fendre d'un coup de fil pour vérifier auprès de mon rabatteur d'éclopés ; ils ne me croyaient pas. Finalement, comme il n'y avait pas eu de plainte pour vol d'ordinateur dans le quartier, ils m'ont laissé ressortir du poste avec lui. Ouf !

Seul problème : la recharge des batteries, parce que ma chose s'essouffle vite.

Je suis allé à la médiathèque, pensant qu'on m'accepterait avec lui. Ils m'ont répondu qu'ils n'avaient pas l'autorisation de brancher sur leur circuit un matériel étranger à la maison, que si tout sautait, ils ne seraient pas remboursés par les assurances.

Un café a accepté que je tapote à une table. Au début, ça me coûtait trois cafés, pour l'électricité. Et puis, le patron a vite compris. Comme il a vu que j'étais pas un illuminé, il m'a offert un café et m'a dit que c'était bon. A une condition : que je cite dans mon bouquin le nom de son bar. Normal. Le patron s'appelle Bruno, comme dans la chanson de Pierre Perret et son bar s'appelle : « Le Coq hardi ». C'est fait.

7 décembre

J'arrête d'écrire à la sortie des supermarchés parce qu'on me regarde de travers. On veut bien donner aux pauvres, mais pas à ceux qui ont les moyens de se payer un ordinateur. Alors, quand j'ai des idées, j'écris sur un carnet et je recopie sur ma chose, au café.

Les copains m'apportent des histoires plus croustillantes les unes que les autres. Et j'écris. Je me demande s'ils n'en rajoutent pas un peu, comme à la télé où il faut grossir le trait. Quand je m'aperçois que ce qu'ils me racontent est trop dégoulinant de tristesse, j'essuie les dégoulinures et je vide un peu le verre.

Parfois, j'invente. Mais, chaque fois que j'invente, un pote vient me dire qu'il a déjà vécu ce que j'ai imaginé. Donc, même ce que j'invente a été vrai un jour, ici, ou à l'autre bout du monde. Toi, tu crois avoir de l'imagination, et tu t'aperçois que tu ne fais que copier du déjà vu. Décevant !

Depuis quelques jours, j'ai l'air d'intéresser un gars. Il a une façon de ne pas me regarder qui me laisse à penser. Jamais, il ne me regarde. C'est pas normal. Quand on est clair dans sa tête, on balaye tout le bar, on ne laisse pas un angle mort. Flic, sociologue, pédé ?

Quand les filles sont attirées par un gars, elles se mettent là où elles sont sûres d'être vues et elles ne regardent jamais celui pour qui leur cœur bat. Manque plus que le gars fasse pareil. C'est nul. Comment veux-tu, comment veux-tu…

Qui sait si c'est pas lui qui me chauffe la nuque avec ses yeux qui ne me regardent pas ?

12 décembre

« Selon que vous soyez puissant ou misérable, les jugements de cour vous font blancs ou noirs ». C'est la seule sentence que je connaisse par cœur. C'est sûrement du Victor Hugo tellement c'est bien dit. Quand je ne sais pas de qui est une citation, d'office elle est de Victor Hugo. Et même quand c'est pas de lui, ça tombe pas loin. Tu n'es ridicule qu'aux yeux des savants qui savent de qui c'est. Et comme je suppose que tu n'es pas très savant…

Je me suis rappelé cette phrase, il y a quelques heures alors que je venais de vivre un moment de honte. Je ne sais pas si cette citation correspond bien à ce que j'ai vécu, mais elle est la plus proche de la philosophie de l'affaire.

Pour tout dire, je suis en rogne.

A la sortie de la caisse, le patron du supermarché m'a demandé d'ouvrir ma redingote. Je sais que certains potes chapardent et s'enfilent des bricoles dans les poches. Moi, pas. Mais, apparemment, j'ai pas une tête d'honnête homme. Alors, j'ai été forcé d'ouvrir mon manteau ; j'avais rien volé. J'ai pris à part le cravaté aux souliers vernis et lui ai expliqué que j'étais pas du genre à voler. Il m'a répondu avec un sourire narquois, qui voulait dire à peu près : « C'est ça, prends-moi pour un con en plus ! » Plus que vexé, j'ai été humilié. Faut que je me calme. A celui-là, je lui réserverai un chien de ma chienne. Vite un autre sujet !

L'éditeur m'a renvoyé une dizaine de pages corrigées. Il n'a pas tout gardé, il a nettoyé toutes mes pensées, tous mes commentaires. Et pourtant, j'en avais pas mis beaucoup. Ce con-là a tout jeté. Sur les trois pages sur les S.D.F, il a écrit en italiques : « On s'en fout de tes sautes d'humeur. Je veux du sang, du sexe et de la boue et du scandale ». Ça m'a vexé. C'est bien de dénoncer les scandales mais, faut pas abuser, il n'y a pas que des scandales dans la vie. Notre vie n'est pas faite que de ces horreurs. Des horreurs, il y en a autant dans la vie des honnêtes gens.

Bref, à partir d'aujourd'hui, je sélectionne au millimètre près. Je lui envoie que ce qu'il veut. Et je garde mes pensées pour ce journal.

Les potes me disent que je me fais avoir. « Vingt euros, c'est rien avec le pognon qu'il fera sur tes dix pages ! » J'ai répondu que ce que je lui envoyais, c'était du brut, pas du net et que c'était même pas sûr que ça paraisse. Ils n'ont rien voulu entendre. « Tu te fais baiser, Jeannot ! »

En fait, je continue parce qu'en marge de ce que je lui envoie, j'écris autre chose. Je crois que si je ne m'étais pas obligé à écrire ces horreurs, peut-être que j'aurais pas eu le courage d'écrire ce journal. Ces vingt euros, je m'en tape, finalement, en deux messes je me les fais largement.

Les messes, ça, c'est rentable, surtout les mariages. Quand je fais les comptes de ce que j'ai récolté dans ma louche, je sais la durée de vie du mariage. Petite louche, moins de cinq ans, grande louche, plus de dix ans. Je me trompe rarement. Rien qu'en regardant le visage de la mariée, je peux dire si les tourtereaux sont partis pour du bonheur ou du malheur. Il y en a même qui s'engueulent une heure avant la cérémonie. Quand ils arrivent avec le masque, là, faut s'inquiéter. Et quand la mariée fait un petit rictus de la lèvre, je sais qu'elle se dit : « Putain, pourvu que je fasse pas une connerie, pourvu que je fasse pas une connerie ! » Les hommes sont plus confiants. Faut dire qu'ils sont plus cons, aussi.

Le curé est d'accord avec moi. A la sortie, on parie. Mais lui ne juge jamais, il laisse ça à Dieu. Il bénit, c'est son boulot et il fait tout pour que ça dure. Pour lui, l'union va au-delà du divorce, parce que le divorce c'est l'affaire de la Mairie pas de l'Eglise. A la fin de la cérémonie, je lui laisse un petit quelque chose pour ses pauvres et on se quitte avec un clin d'œil.

Depuis qu'il a mis une pub sur la porte de l'église qui dit : « pauvres ou riches, donnez ! », je donne aux pauvres.

Je ne bois plus, et pourtant, ma louche tremble. J'essaye de l'immobiliser. J'y arrive. Un moment de fatigue sans doute.

15 décembre

Les jours ensoleillés, je fais la manche un peu partout, sur les marchés, sur les places. C'est tranquille. Je suis assis ou debout avec mon manteau long, celui que portaient les salauds de *Il était une fois dans l'ouest*, et je regarde le monde tourner.

Il y a ceux qui donnent avec un beau sourire, sans rien me demander en retour. Je salue de la tête et on se dit en silence qu'on fait partie du même monde.

Il y a ceux qui me contournent et font semblant de ne pas m'avoir vu. Il y a ceux qui sont surpris de me voir et qui n'ont pas le temps de faire un détour. Ah, j'aime voir leur embarras ! Je les salue, à tout hasard. Je me demande des fois, si je ne suis pas le seul de la journée à les avoir salués.

Il y a ceux qui me jettent un regard fâché. Ils semblent dire que c'est bien fait pour moi. Je le sais, les gars que c'est bien fait, pas la peine de me l'irradier avec vos yeux pleins de furie !

Evidemment il y a celui qui m'a reproché de ne pas avoir déclenché une révolution. Il ne me parle plus, ne me donne plus. Ça m'arrive de fredonner devant lui : « Ah ça ira, ça ira, ça ira, les aristocrates à la lanterne !...»

Et puis il y a les emmerdeurs, les mauvais garçons qui cherchent la bagarre, ou ceux qui veulent me prendre la place parce que le fond de ma louche ou de ma casquette brille de mille feux. Pour leur crâne, j'ai toujours ma massue en olivier dans mon sac. Mais c'est rare que je m'en serve.

Et puis, il y a ces cons de chiens de vagabonds, ces fameux meilleurs amis de l'homme. La plupart des chiens sont gentils, mais quand le maître est con ou hargneux, le chien lui sert de porte-voix. Le maître pense tout bas et le chien mord tout haut.

Parfois un homme, une femme, s'arrête pour parler. Des curieux. Ils me parlent comme si j'étais du quartier ou amené à les croiser de nouveau quelque part, près de chez eux. Et au lieu de me demander ce qui m'est arrivé pour que j'en sois là, ils me demandent où je suis né, ce que font mes parents, mes enfants, si je suis marié et tout le reste. Ils veulent faire connaissance. Avec eux, j'ai parfois l'impression d'être normal. Ceux-là m'ont toujours étonné. Même moi, je ne sais pas si je serais capable de parler comme ça à un clochard.

Il y a aussi les dragueurs, des personnes pas nettes qui cherchent quelqu'un pour assouvir un fantasme. Des femmes, parfois. Avec eux, je me méfie. Robert, un jour s'est retrouvé attaché à un arbre, le dos couvert de griffures et avec un cul aussi rouge que ceux des singes des zoos. Même les femmes sont salopes. Nous, on dit qu'elles sont salopes, sans trop y croire, juste pour nous exciter, eh bien, demandez à Robert !

Il s'est fait attirer dans les bois par une fille qui lui a promis Byzance. Arrivé au fond des bois, son mari l'attendait. Imagine ce qu'ils lui ont mis !... Ça, je l'ai raconté à mon éditeur, en allongeant un peu la sauce, bien sûr.

Mon pote Jules a sa « Pensier », une dame de cinquante ans qui l'invite chez elle une fois par mois. Elle est excitée par les marginaux. Certaines sont excitées par les nains, d'autres par les handicapés, d'autres encore par les obèses, les grands noirs, les petits Japonais ; elle, c'est les clodos.

D'abord, elle le fait passer à la douche, attention, une vraie, et ensuite, ils baisent. Paraît qu'au combat, c'est une furie. En pleine échauffourée, elle veut qu'il l'insulte. Et quand la déchaînée est au bord de la syncope, elle exulte dans un cri à te faire péter les vitres. Mais ce qui est le plus étrange, c'est qu'au début des hostilités, elle enfile une cagoule sur la tête, parce que, soi-disant, elle ne veut pas qu'on la voie en train de jouir. Une femme pleine de pudeur, en somme !

Ensuite, elle redevient la femme digne qu'elle a toujours été, directrice d'une école maternelle. Comme quoi, on peut donner une bonne éducation à des enfants tout en faisant en privé des choses pas très bien élevées. A quoi tient la civilisation !

Voilà ce que raconte mon Jules. Au début, je croyais qu'il me racontait ça pour se faire monter la sève. Moi, j'écoutais parce que c'était plutôt rigolo ; et puis, un jour où il m'avait prêté son téléphone, j'ai eu une femme au bout du fil, qui m'a donné un jour et une heure et qui a raccroché sans que j'aie pu répondre. C'était la cagoulée. Là, j'y ai cru.

18 décembre

Dans ma vie, il y a parfois de longs moments d'ennui. C'est dans ces moments-là qu'on rêve d'avoir un boulot, une femme et une maison chauffée.

Heureusement qu'il y a la nature pour chasser ma mélancolie. Ici, elle est toute proche. Je me balade parfois du côté de l'Ardèche et là, je me crois revenu à la préhistoire. Pas un poteau électrique, pas une maison, pas un plastique aux arbres. L'Ardèche coule comme elle a toujours coulé et il ne me manque plus qu'une peau de bête pour me prendre pour un homme des cavernes.

Les jours d'ennui, je vois passer le temps comme on verrait passer les trains. Et puis, je me secoue. Alors, je saute sur le premier événement venu, je saute dans le premier train. Il y a toujours un tordu qui vient mettre de l'animation dans ma vie et me faire regretter d'avoir regretté de ne pas avoir une vie bien douillette.

Qui sait si ces trois gars qui se moquent de moi au comptoir et qui tentent de faire ami ami avec Bruno ne sont pas des petites frappes. Je les ai croisés en ville avec des gens peu recommandables.

Eux, commencent à me chauffer. D'abord, je les trouvais sympathiques, aujourd'hui, le maquillage a craqué et je vois leurs dessous.

20 décembre

Pour manger, il y a l'argent récolté dans ma louche mais il y a aussi les poubelles des supermarchés ou des commerces. On n'imagine pas combien de nourriture saine et propre y est jetée. Une honte. Et on ose nous empêcher d'aller la récupérer ! Bon Dieu, mais qu'est-ce que l'hygiène vient faire dans cette affaire ? On est assez grand pour sentir si quelque chose est bon ou dangereux. Et s'il y a des accidents, ce sont les risques du métier de mendiant. Notre métier n'est pas plus risqué que celui de rouler sur la route à la sortie d'une boîte de nuit ou de faire du ski hors piste. Au pire, une bonne giclée soit par en haut soit par en bas. Ça nettoie. Un petit jeûne là-dessus et nous voilà prêts à nous remplir de nouveau.

En dix-huit ans de poubelles, j'ai jamais eu un dérangement. Flairer la méchante bactérie, l'odieuse salmonelle, comme tout, ça s'apprend.

Et puis, il y a les restos du cœur, le secours catholique, le secours populaire, les soupes populaires, ce que les riverains nous donnent. On ne manque pas de nourriture en France. Le tiers monde serait nourri rien qu'avec nos poubelles, c'est dire !

C'est dans ces associations d'entraide que je rencontre la France dans tous ses états.

Les nouveaux pauvres se repèrent vite. Ils rasent les murs. C'est pitié de les voir. Nous, on est habitués, on n'a plus honte, on marche la tête haute, on a un statut, presque l'uniforme. Eux sont là par hasard ou par accident, aussi hébétés que des déportés qui reviennent des camps.

On ne se mélange pas trop avec eux ; d'ailleurs, ils hésitent à nous aborder de peur qu'on les contamine. Ils n'ont qu'une hâte, rejoindre le monde des honnêtes gens.

Les bénévoles sont de braves gens, d'autant plus braves qu'ils doivent supporter quelques crétins. Comme celui-là qui, hier, en a insulté un parce qu'il lui avait donné de l'huile d'arachide au lieu de l'huile d'olive qu'il n'avait plus en stock. Le connard a balancé tout ce qu'il y avait sur la table. Les pâtes et le riz se sont répandus par terre devant des clients consternés. Personne n'a bougé. Le bénévole s'est fait injurier comme du poisson pourri et le gars est parti en donnant un coup de pied dans une chaise. Même chez les pauvres, il y a des enfants gâtés.

Dans le monde des bien-pensants, on dit souvent qu'il faut comprendre. Moi, je comprends pas. C'est pas parce qu'on est pauvres qu'on peut faire n'importe quoi.

Chez un homme, son caractère pèse plus que la quantité de pognon qu'il a en poche. S'il est con, il a beau être miséreux, il reste aussi con, sa misère n'arrange rien. La différence avec un con de riche, c'est que le riche est plus dangereux, vu que sa connerie a plus de moyens. Vois ce qu'Hitler et Staline ont fait avec tout leur fric !

24 décembre

Le patron du supermarché m'a de nouveau demandé d'ouvrir ma redingote. J'ai dit non. Il est allé chercher un vigile, puis deux, et j'ai dû me déboutonner. Rien. Je l'ai fixé avec des yeux de reproche. Il m'a répondu par le regard de la dernière fois. C'est un petit con qui ne veut pas avoir tort. Ce qui ne lui a pas plu, c'est qu'une fois mon habit ouvert, j'ai tourné sur moi-même façon défilé de mode pour que tout le monde voie bien que je n'avais rien volé.

« Fais pas le malin en plus ! » J'ai réussi à garder mon calme, mais la prochaine fois, je pense que je vais lui préparer un petit quelque chose ; je ne sais pas encore quoi, mais… Calme, Jeannot, calme, respire un bon coup, et sors dignement !

En centre ville, un Père Noël manquait à l'appel, alors, on m'a harponné pour que je prenne sa place. Comme personne ne voulait y aller et qu'il y avait quelques sous à la clé, j'ai dit oui.

On devait parcourir en calèche les rues de la ville. Je devais faire bonjour comme la reine d'Angleterre dans son carrosse. Alors, chaque fois que je rencontrais des enfants, avec mes deux mains, je faisais l'essuie-glace.

Parfois on se moquait de moi, les ados surtout. Et je n'avais même pas le droit de leur faire un doigt d'honneur. Je les saluais avec un sourire idiot, celui qu'on fait à des petits enfants ; ça les a bien plus énervés.

Mon tour d'Aubenas a duré deux heures jusqu'à ce que les rues se soient vidées. Alors, j'ai attendu un peu, au « Coq hardi », la messe de minuit.

Avant la sortie de la messe, j'ai mis au sol et sur quelques rebords de pierres de taille quelques bougies allumées. Ça a eu du succès. Ma louche s'est remplie de moitié. Y'a pas à dire, quand tu es persévérant et un tantinet créateur, tu passes mieux, les gens ont confiance.

Et comme le bruit s'est propagé que j'écrivais un bouquin sur Aubenas et ses habitants, je me demande si leur sens de la générosité n'a pas reçu un petit coup de fouet.

Quand quelqu'un me demande ce que j'écris, je reste vague, justement pour qu'il imagine le pire. C'est tordu, mais c'est légal.

27 décembre

Il y a dans ma vie, un autre danger, pire que la salmonelle, ce sont les voyous, ceux qui viennent chercher de la main d'œuvre pour faire des saloperies. Je ne me frotte pas à ces milieux.

Un jour, on peut dire que j'ai eu chaud. On voulait me payer pour faire le guet. C'était pas grand-chose, je devais guetter pendant que des gars volaient quelques bouteilles d'alcool dans la réserve d'une supérette. J'ai dit non. Là, j'ai vu le regard du chef briller comme l'œil d'un tigre en colère. J'ai compris que j'aurais pas dû refuser. Il a sorti son couteau, me l'a pointé sous mon menton, juste assez fort pour me tirer une goutte de sang. Il m'a conseillé d'accepter. Je tenais déjà mon petit gourdin dans la grande poche de mon manteau. J'ai dit que j'acceptais et, alors qu'il retirait son couteau de ma gorge, je lui ai filé un coup si fort que ses yeux ont semblé se briser comme du verre. Son copain, abasourdi, a ouvert la bouche à la manière des poissons jetés sur la berge. Je lui ai filé le même coup et il a fait pareil. Il a louché et il est tombé par terre. Je me suis enfui.

Le lendemain, j'ai appris dans le journal que le chef était mort et que l'autre était dans le coma.

Heureusement que personne ne nous avait vus. Voilà ce qui arrive quand on manque d'expérience. Si, dans ma vie, je m'étais battu plus souvent, je ne l'aurais jamais tué. J'aurais su trouver la juste force.

30 décembre

Il y a quelques jours, quand j'ai dit que j'avais jamais tué, j'avais oublié cet épisode de ma vie. Mais comme j'étais en état de légitime défense, je ne le compte pas dans les meurtres volontaires. Quoi qu'il en soit, volontaire ou pas, le gars, il est bien canné et c'est bien triste pour ses parents.

Depuis ce jour, je sais avec quelle force il faut frapper. Le monde est bien imparfait. On devrait apprendre à tout le monde comment tuer, rien que pour qu'on sache comment éviter de le faire. Ça a l'air idiot, mais…Voilà, c'est dit. C'est la première fois que je parle de cette histoire. Pas question bien sûr de l'envoyer à mon éditeur. Je n'en parlerai plus. Et comme toi, ça m'étonnerait que tu existes un jour…

Ça y est, il y a une heure, le petit jeune qui ne me regarde jamais, s'est décidé à m'aborder. Ni flic, ni pédé, ni chercheur en sociologie, ni journaliste, c'est un étudiant.

Il a bredouillé une chose informe. J'ai compris vaguement qu'il me demandait un rendez-vous. Qui suis-je donc pour qu'on me demande un rendez-vous ? On s'est mis d'accord sur un samedi, au café, dans l'après-midi. Et il est parti comme un voleur.

En deux mois, deux contacts. Le rabatteur et le jeunot. Décidément !

Je suis curieux de savoir ce qu'il me veut. Il est grand, bien plus grand que moi, il est beau, très timide, et parle avec une voix de basse qui lui donne vingt ans de plus.

J'ai l'air de l'impressionner. C'est vrai que je suis plutôt bourru et c'est pas ma gueule de travers qui arrange les choses. Même si je souris souvent, on ne peut pas dire que ce soit un sourire qui ouvre les bras au monde entier.

Et pourtant, dehors, je ne fais pas si peur que ça. C'est sans doute la louche. Chaque fois qu'un enfant passe près de moi, il me montre du doigt. Il trouve bizarre que je tende cette chose qui brille si fort au soleil. Deux fois sur trois, les enfants tirent la main de leur mère et font tout pour lui rafler une pièce qu'ils viennent mettre dans ma louche. Après le ding, ils me sourient. Je réponds, et même si on ne se revoit plus, on est copains.

Ma louche tremble encore et il n'y a pas de tremblement de terre. Manquerait plus que je commence un Parkinson. Moi qui croyais finir Alzheimer, c'est bien ma veine !

1er janvier 2012.

Le jour de l'an, je reste dans ma maison de campagne. J'aime pas cette fête. Elle me rappelle trop les soirées de beuveries et les fins de nuit minables. Mes potes s'alcoolisent trop vite, et mal. Alors, ils disent n'importe quoi. Mieux. Ils sont tous d'accord entre eux. Ils s'aiment. Ce soir-là, tu peux leur dire n'importe quelle connerie, ils te diront que tu as raison. L'alcool rassemble, dans la connerie, mais il rassemble ; c'est déjà ça.

« Et ils pissent comme je pleure sur les femmes infidèles ». Ça, je sais que c'est pas de Victor Hugo. Ça se termine toujours avec des larmes. C'est ce soir-là que les enfants, les épouses, les parents, la famille leur manquent. Alors, ils perdent leurs eaux comme des femmes prêtes à accoucher. Ils rincent leur intérieur, jusqu'à la prochaine fois. Fausse couche.

De ma cabane, j'entends leurs rires et leurs cris. Si on se tordait les oreilles, on dirait des bébés qui pleurent.

2 janvier

Plus j'écris, plus les souvenirs reviennent à la surface. C'est comme une pompe. Ecrire, c'est aspirer. Une fois que ça aspire, ça crachote des mots, puis des phrases et enfin des livres.

Les souvenirs se bousculent comme des petits chatons attirés par une odeur de lait. Ils viennent prudemment et se blottissent les uns contre les autres, hésitant à s'approcher. En voilà un qui s'approche, le plus audacieux.

Il y a un an, j'ai été invité dans un lycée pour parler de ma vie. Deux jours avant cette rencontre, quoi rencontre ? cette conférence, mon bon Monsieur, une prof de philo était venue me voir pour que j'intervienne sur le sujet de « la vie dans la rue ». Six mois avant, elle avait invité, excusez du peu, un vieux résistant et en fin d'année un médecin qui avait ouvert un dispensaire en Mauritanie. J'étais assez fier d'être le troisième dignitaire invité. Fier et angoissé. Qu'est-ce que j'allais dire à ces jeunes ?

Je suis arrivé avec ma longue redingote, ce qui a produit un bel effet. J'ai entendu chuchoter dans la cour : « On dirait le sorcier de Harry Potter ! ». Tu vois, déjà, on n'était pas de la même génération. Moi, c'est Sergio Leone et *Il était une fois dans l'ouest*, eux c'était *Harry Potter*.

Imagine mon émotion. J'allais faire un cours de *clocharderie* à des terminales, mieux, à des apprentis philosophes.

Je devais avoir l'air bien bête à cette table avec ma gueule cassée. Pourtant, j'avais fait un effort de présentation. J'avais arrangé ma barbe, coupé les poils emmêlés, m'étais coiffé avec du gel pour ne pas avoir la coupe pétard, et surtout, j'avais retiré mes bottes en caoutchouc qui avaient le défaut de laisser mariner mes pieds. Et pourtant, Dieu sait si c'est utile des bottes en caoutchouc, les jours de pluie ! Il y a des jours où il vaut mieux puer des pieds que de se les geler. Mais en ce jour où je me donnais en spectacle, je devais faire tout sauf puer des pieds. Donc, godillots cirés à la graisse de phoque.

Je crois qu'ils ont été déçus. Ils s'attendaient à voir un va-nu-pieds un peu pittoresque, en fait, ils ont vu un gars mal arrangé qui porte encore sur lui les traces de l'allure qu'il avait deux heures avant. J'avais même fait la gaffe à ne pas faire, je m'étais aspergé de parfum. Faut-il être con ?

Tous les élèves avaient aux lèvres un sourire un peu grimaçant, de ces sourires qui demandent à voir avant de virer d'un côté ou de l'autre. « Je vous présente Monsieur Jeannot », avait dit la prof de philo. On aurait dit un nom de proxénète.

Au début, les questions des jeunes ont été très banales. Tout tournait autour de la vie pratique. J'ai donné tous mes trucs et ça les a parfois étonné, parfois choqué, ou fait rire. Quand je leur ai dit que l'hiver, j'allais parfois me laver dans l'Ardèche, ils ont fait un grand et frileux : « ahhhhhrrrggg ! ». J'ai eu beau leur dire que l'eau glacée me revigorait, ils n'ont pas été convaincus.

Nouvelle génération oblige, une jeunette a voulu savoir comment je faisais pour aller sur internet. Quand j'ai dit que tout simplement, je n'y allais pas, et pour cause, elle a ouvert des yeux gros comme ça. Comment peut-on vivre sans internet ?

Le temps avance et quand, à dix-huit ans, on entre dans la vie active, on oublie que les vieux se sont passés de ces gadgets qui paraissent si indispensables. Gadgets pour moi, pas pour eux, bien sûr.

Il y a eu une question un peu tordue sur les femmes, enfin, sur le sexe. Comme le sujet me gênait, j'ai coupé court, botté en touche en disant que c'était plus de mon âge. Et ils ont compris ; ça les a rassurés eux qui venaient juste de commencer, qu'un vieux ne puisse plus baiser.

Et puis, surprise. Je ne sais pas si c'était le fils de l'autre pousse-à-la-révolution, mais un gars m'a demandé ce que je pensais de la société qui m'obligeait à « vivre dans la rue comme un paria ». Là, j'ai eu du mal à répondre.

J'ai bafouillé que, pour ce qui me concernait, la société n'avait pas été si injuste parce que, pour arriver dans la rue, j'y avais mis quand même du mien.

Il s'est jeté sur les yeux de sa prof comme pour demander du secours.

La prof de philo m'a demandé ce que je pouvais dire du concept de société.

Du concept, j'ai rien pu dire parce que je savais même pas ce que c'était qu'un concept mais, au sujet de la société, j'ai répondu comme j'ai pu. J'ai supposé qu'elle pensait à ses cours de philo. Fallait pas qu'elle pense à moi pour l'aider dans ce domaine. J'ai baragouiné :

« La société, je sais pas bien ce que c'est. Moi, je vois partout des hommes et des femmes et des enfants, mais de société, pas !…»

Un premier de la classe, m'a coupé et m'a dit : « L'air, la pesanteur, l'amour aussi ne se voient pas et pourtant ce sont des choses qui existent ! »

« C'est vrai, j'ai répondu, la société, doit sûrement exister, mais j'ai du mal à en faire une chose inhumaine. »

Je savais plus quoi dire. Alors, j'ai glissé sur la première chose qui m'avait étonné en entrant dans le lycée :

« On dit que la société gaspille, fait du mal à la terre et je vois que les hommes en font autant. En passant dans le couloir du lycée, j'ai vu toutes les lumières allumées, alors qu'on est en plein jour. Si c'est ça la société qui gaspille, alors la société c'est aussi moi…et vous… et vos parents… J'entends souvent dire que la société est pourrie. Si elle est pourrie, nous aussi on est pourris. Je peux pas croire que vous êtes pourris. Pour moi, j'avoue que la société ne m'a pas fait beaucoup de mal. Le mal, je me le suis fait tout seul. En tout cas, elle me nourrit et me soigne gratis et ça, ça n'a pas de prix. »

J'ai tout de suite compris que j'étais pas dans les normes. Ils s'attendaient à ce que je critique. Pour être franc, c'est pas que j'avais pas envie de critiquer, mais j'avais pas envie de critiquer pour le principe.

« Et les autres S.D.F ? », ils m'ont demandé.

« Il faut les faire venir et leur faire raconter. Les S.D.F, il y en a toujours un à la fois qui a une vie très différente de son voisin de trottoir. »

« Mais, quand même, beaucoup se sont fait virer de leur boulot ! » a continué à me dire le premier de la classe.

Je lui ai dit :

« Oui, sûrement. Mais moi, je suis pas devenu vagabond parce que je me suis fait virer, j'ai quitté mon boulot de mon plein gré et tout le reste aussi. Je suis un mauvais exemple, pas représentatif, comme on dit... La rue, ça vient souvent quand tu reçois plusieurs coups sur le carafon, pas un seul... Pour mon pote Henri, ta formule de la société et des parias tient la route, mais pour moi, non. Henri est orphelin de mère. Bébé, son père l'a balancé contre un mur pour qu'il ne pleure plus. Il a été placé en famille d'accueil et puis en foyer depuis tout petit. Il n'a pas eu vraiment d'éducation et depuis qu'il est ado, on le met en cabane. Très vite, il est devenu un caïd. Jusqu'au jour où il s'est fait bastonner par d'autres caïds plus costauds que lui. Il a failli y rester. Et comme il boite de partout, il ne peut plus faire le voleur. Chaque fois que tu lui parles, il sursaute comme si tu allais le frapper. Alors, comme il peut plus faire le brigand, il fait clodo et il rase les murs. On l'a mis au pli.

Par contre, mon pote Jules, c'est différent ; lui, a toujours rêvé d'une société idéale où tout le monde s'aime et vit en harmonie. Il voit bien qu'il n'est pas tombé sur cette planète-là. Alors, il boude et tant qu'il n'aura pas sa société idéale, il refusera de se mêler des affaires de cette société pourrie. »

Un autre élève m'a fait plaisir parce qu'il a parlé de Victor Hugo. Il a dit : « Votre vie est la même que celle de Jean Valjean ? Que pensez-vous des gens qui vous repoussent ? »

C'est la seule fois où j'ai pu faire étalage de ma culture. Et je te l'ai étalée le plus que j'ai pu parce que, s'il y a quelque chose que je connais bien, c'est bien Victor Hugo.

Je lui ai répondu :

« Jean Valjean, quand il est arrivé à Digne, s'est fait virer de l'auberge de la Croix de Colbas, par l'aubergiste Jacquin Labarre et puis du cabaret de la rue de Chaffaut. Ensuite, il a été chassé par des enfants qui lui ont jeté des pierres. A la prison de Digne, on lui a dit qu'une prison, c'était pas une auberge. Ensuite, il s'est fait chasser par un paysan, un bon paroissien et au final même par des chiens, jusqu'à ce qu'une vieille dame lui indique la demeure de Monseigneur Myriel, dit Monseigneur Bienvenu. »

Les gars étaient sidérés. Profitant du silence, j'ai poursuivi en racontant l'histoire de Pépé.

« Je vais vous raconter ce qui est arrivé à Pépé. Je tiens cette histoire du gars qui l'a accueilli, un soir de grand froid.

Pépé, un vieux sanglier des montagnes ardéchoises, assez porté sur la bibine, a fait comme Jean Valjean. Pas tout à fait, parce que Jean Valjean avait frappé avant d'entrer. Pépé est entré comme on entre chez un ami, un soir glacé dans la première maison de Laurac. Après trois balbutiements, il a réussi à se faire offrir un casse-croûte, un chocolat chaud et une bière. Comme les gens qui l'avaient nourri ne voulaient pas le garder la nuit, ils ont téléphoné au 15 parce que cette nuit-là, il faisait vraiment froid. Le 15 a conseillé de le conduite au foyer d'accueil de Paysac mais Pépé a refusé. Alors, ils ont téléphoné aux gendarmes qui ont refusé de venir parce que la dernière fois qu'ils l'avaient emmené devant la porte de l'hosto, il s'était tiré. Pardi, l'hôpital lui refusait l'alcool. Ensuite, ils ont téléphoné aux pompiers qui leur ont répondu qu'ils connaissaient bien « ce loustic » qui ne voulait aller nulle part où on lui interdirait de boire et que c'était inutile qu'ils réveillent des pompiers volontaires pour rien. En désespoir de cause, son hôte a téléphoné de nouveau au 15 qui a finalement envoyé un taxi pour l'emmener à l'hôpital. Le taxi est arrivé et est reparti à vide. Mais le taxi a sûrement été payé par quelqu'un. Refus sur toute la ligne. Enfin, les gens qui l'avaient hébergé ce soir-là, l'ont renvoyé dehors en lui disant que s'il refusait tout, ils ne pouvaient rien pour lui. Et il a passé la nuit dans le froid sous le porche de l'église de Laurac.

Jean Valjean, tout le monde lui avait dit non, sauf Monseigneur Bienvenu. Pépé, tout le monde lui avait dit oui, et c'est lui qui avait dit non... »

« Mais il cherchait de l'amour, une famille ! » a répondu un lycéen.

« Oui, j'ai répondu, mais l'amour, une famille, ça tombe pas d'un distributeur automatique comme un coca. Va-t-en trouver l'amour, une famille. T'as autant de chances qu'au loto. Qui est prêt à adopter un clodo qui pue l'alcool ? »

Les gars ont tous fait une moue qui voulait dire qu'avec mes racontages, je faisais pas avancer le schmilblick.

Quand je les ai vus comme ça, sans réaction, après un long silence, je ne sais pas ce qui m'a pris, j'ai suivi la première image qui m'est venue et j'ai fait de la philosophie fromagère.

« Moi, je me sens au bord de la société, je suis dedans mais sur la frontière. Peut-être que c'est grâce à ce bord qu'elle existe, la société. Parce que pour qu'une chose existe et tienne à peu près, faut des bords. Peut-être que nous les vagabonds, on enlace la société pour l'empêcher de se crever et de se répandre partout comme un camembert mou ! »

J'étais pas fier avec mon fromage baveux mais c'est tout ce qui m'était venu d'un peu philosophique. La prof a fait à la classe un geste du menton comme pour relancer les questions.

Un élève a demandé à sa prof, si elle pouvait inviter Jules, celui de la société idéale. Elle a répondu que pour avoir une idée de cette vie, il faudrait inviter au moins dix S.D.F et que le mois suivant c'était un flic qui était programmé, qu'il faudrait se contenter de ce qu'ils ont entendu.

On a fini avec du jus de fruit et des petits gâteaux. Je suis rentré dans ma cabane, sous les fourrés, et j'ai réfléchi.

C'était la première fois que j'avais été écouté pendant si longtemps.

4 janvier

Maintenant, je vais te dire : J'ai lu au moins trente fois les Misérables. C'est le seul livre que j'ai lu. Mais, franchement, je vais te dire, vaut mieux avoir lu trente fois les Misérables que d'avoir lu trente bouquins pris au hasard dans une vitrine d'une librairie. Les lycéens ont dû me croire cultivé quand je leur ai parlé de Valjean. Quand on lit trente fois le même livre, forcément, on retient des choses et des noms.

Et encore, j'ai pas dit aux jeunes que Jacquin Labarre avait un cousin à Grenoble qui avait accueilli Napoléon quand il était remonté de Juan-les-Pins. Parce que Victor Hugo, vu qu'il sait qu'il est un génie, il en profite, le bougre. Il sait que les gens vont tout lire même les petites lignes en bas de page. Il nous dit que Jacquin Labarre a un cousin qui a un cousin qui est le beau frère de la belle sœur de la bécane à Jules. Il en profite, le coquin pour encrer ses pages et nous faire comprendre qu'à quelques coudées de la bécane à Jules, il se pourrait bien qu'on y rencontre le lecteur, ou un de ses parents. Le lecteur est à la limite d'entrer dans le roman. Ça, ça fait vendre.

Moi, c'est Jeannot, et j'ai pas de bas de page. Je peux pas dire que je suis le fils de machin, le mari de machine et le père de bidule, je peux pas déraper, tartiner dix pages sur mon passé. Je ne suis que présent.

La postérité retiendra que je suis le seul clodo qui connaît les Misérables par cœur. Encore faut-il que la postérité me connaisse. C'est pas gagné !

6 janvier

Si tu ne sais pas qui est Monseigneur Bienvenu, lis les Misérables de Victor Hugo. Je dis bien, lis-le, ne te contente pas de faire comme ces feignasses qui le regardent à la télé ; parce qu'à la télé, ils ne mettent que des extraits, et toujours les mêmes.

Sache que le nombre de pages de ce livre est le même que le nombre d'années qui séparent la naissance du Christ et la découverte de l'Amérique. 1492. Et, attention, accroche-toi. Si tu veux savoir qui est ce curé charitable, ce Monseigneur Bienvenu, tape-toi les soixante premières pages des Misérables !

Parce que Victor Hugo, c'est le genre,... tu lui dis bonjour, et il te dit le reste. C'est le genre à remplir soixante pages pour te décrire une aiguille à tricoter. Avant de faire connaissance avec Jean Valjean, faut se farcir soixante feuilles aussi fines que des pages de missel.

J'ai l'air d'être cultivé mais en fait, dans ma vie, je ne sais pas si je l'ai déjà dit, je n'ai lu qu'un livre en entier, celui-là. Alors, quand je veux briller en société, je ne manque jamais de parler de la révolution de 1830 et 1848, de Louis Philippe, comme si j'avais vécu à cette époque.

Tout ça, c'est dans les Misérables. Parce que Victor Hugo, il se fait pas chier. Toi, tu essaies de savoir comment Jean Valjean va s'en sortir et là, surprise, tu te vois obligé de te taper des dizaines de pages sur l'histoire de France. En plus, le Victor, te le dit franco, un peu comme il dirait : « tiens on va se faire un petit thé ». Lui, il te dit : « tiens, on va faire un peu d'histoire de France »; et il pose Jean Valjean dans un coin d'une table comme un bibelot. Et il te fait péter trente pages sur l'histoire des deux petites révolutions qui ont suivi la grande.

Ça c'est bien beau mais je dois te le dire franchement, question mondanités, caser Louis XVIII, Louis-Philippe et Charles X, la révolution de 1830 et celle de 1848 dans une conversation avec Hervé, Riton et René, putain, c'est pas coton !

7 janvier

On a failli me voler ma préhistoire. Ce matin, je venais me laver le cul et les pieds dans l'Ardèche quand j'ai vu arriver un employé municipal, un panneau indicateur sous le bras. Il s'est arrêté au bord de l'eau, a retiré trois gros galets de rivière et a planté le panneau. La plaque carrée en tôle disait : « Attention, courir sur les rochers est dangereux »

L'ouvrier me raconte qu'un père a porté plainte contre le maire parce qu'il y a deux ans son fils de seize ans s'est tué en faisant le con sur les rochers. Le jeune avait parié avec ses potes qu'il traverserait l'Ardèche sans se mouiller les pieds. Seulement voilà, les rochers, eux, étaient mouillés et sûrement un peu trop loin les uns des autres. Il a glissé et s'est fracassé le crâne. Et le maire a été condamné.

Pourquoi ? Il n'y avait pas de panneau d'indication de danger.

Et voilà pourquoi on vient me salir mon paysage préhistorique.

Même un débile sait que sauter sur des rochers c'est dangereux. Où on va, je te le demande ? Aujourd'hui, à chaque mort, son coupable. Le mort est innocent, de naissance. Bientôt devant chaque escalier on trouvera un panneau indiquant qu'il est dangereux de descendre les marches. Désolant. On transforme les adultes en bébés. C'est à te dégoûter d'être jeune et intrépide, c'est à te dégoûter d'être maire… et clodo.

La douleur du père n'excuse pas tout. Le fils qui sûrement connaissait le danger est mort parce qu'il a été imprudent, voilà tout. Pas de quoi en faire un procès. Ce père n'a fait que tuer une seconde fois son fils en prétextant qu'il ne savait pas à son âge qu'on pouvait glisser sur les rochers. Il a fait passer son fils pour un gamin de trois ans, pire, pour un con.

On dit à juste titre que les gros riches mettent le monde en danger avec leurs trafics financiers, leurs boursicotages, mais on oublie de dire que les petites gens qui portent plainte pour tout et rien font autant de mal au porte-monnaie. Tous ces procès, ces panneaux indicateurs, ces grillages qu'il faut surélever, ces mille précautions qui font que tout le monde ouvre le parapluie pour se protéger, coûtent très cher. Qui paiera ? Les petites gens avec leurs impôts et qui ne font que se tirer une balle dans le pied à coups de procès ridicules. Et ça baisse pas le nombre de morts parce que les petits cons trouveront d'autres conneries à faire.

Le rôle des parents c'est d'éduquer leurs enfants en leur expliquant les dangers de la vie. Condamner EDF parce qu'il n'a pas mis de grillage pour empêcher les gamins de monter aux poteaux électriques en béton est une connerie. C'est aux parents de faire leur boulot.

Quand l'employé est parti, j'ai longtemps hésité. Je me suis dit qu'au prochain mort, à trois cents mètres de ce malheureux panneau, l'avocat du prochain imprudent qui se sera noyé dira que personne n'avait dissuadé « la malheureuse petite victime » de sauter de pierre en pierre et le maire sera condamné encore une fois à payer. Il faudrait planter trois mille poteaux le long de l'Ardèche pour être sûr qu'ils soient vus. Et encore...

J'ai pensé au père qui doit souffrir autant, même après un procès gagné, j'ai pensé au maire qui doit avoir les boules de se dire que ce bout de tôle ne servira même pas à éviter un autre procès. J'ai démonté le panneau, récupéré le poteau en fer que j'ai monté dans ma cabane. Enfin, j'ai pu de nouveau me plonger dans ma préhistoire et me décrasser en me disant que se laver le cul devant un tel paysage, c'est un luxe que peu de Présidents de la République peuvent se payer.

Que ce soit dit : je ne veux pas qu'un panneau du vingt et unième siècle vienne gâcher mon paysage du vingt et unième siècle avant Jésus Christ.

8 janvier

Aubenas reste mon port d'attache. Contrairement à mes camarades, je ne migre pas. L'été, la plupart des potes monte dans le nord. L'hiver, ils descendent sur la côte.

Ma famille sait que je suis à Aubenas. Je sais qu'ils n'y passeront jamais. Si je voyage, j'ai peur de les croiser. Voilà pourquoi je peux dire que je suis un vagabond sédentaire.

Pour eux, je suis un paria ou presque. Ici, j'ai une autre image, je passe assez bien. Peu causeur et plutôt solitaire. Sympa. Ce n'est pas difficile d'être sympa quand on n'a rien, même pas de responsabilités ; on peut sourire à tout le monde. Ils ne peuvent rien me prendre, à part la vie.

Parfois, on me donne du travail. Bêcher un jardin, cueillir des fruits, transporter à peu près n'importe quoi. Une fois, j'ai fait une figuration dans un film. Je suis resté assis dans un coin de trottoir. C'est tout ce que j'ai dû faire. Cent euros, incroyable !

Une autre source de revenus en nature : la police. Un jour, ils sont venus me voir pour que je les aide. Indic, quoi.

J'ai accepté sous condition. Je me réserve le droit de ne dire que ce que je veux. Pas tout. Le grand banditisme, les violeurs, les assassins et autres horreurs, je cause, j'aide. Pour le reste, c'est au cas par cas si je juge qu'il est juste de témoigner. Sinon, je me tais. Joker.

Ils ont accepté. Personne n'est au courant. Mais dans ce petit monde de vagabonds, les indics ne sont pas rares. Pour un peu d'alcool, de drogue ou d'autres bricoles, certains sont prêts à vendre père et mère. Chacun comme moi, a sa petite morale bien à lui. Les plus odieux dénoncent même les innocents pour une dose ou bien fabriquent un alibi en béton à la pire des ordures. Les plus radicaux des clodos, les anarcho-trotskystes, les lénino-bakouninien ou les plus purs se drapent dans leur dignité et crient à tout vent qu'ils contrechient sur la police, la société, les riches et les indics. Bref, ils se taisent dans tous les cas, par principe.

Moi, j'ai un bon flic. Chaque fois qu'il vient me voir et qu'il sait qu'on nous voit bavarder, une fois qu'on s'est parlé, je le traite de tous les noms. Une minute après, une voiture de police vient m'embarquer. Ça m'amuse. Et quand je reviens, les purs viennent me féliciter d'avoir tenu bon. Faut parfois savoir jouer au con.

Les truands agissent de même. Eux aussi cherchent des indics. Ils en trouvent. Il y a parfois un putain d'enchevêtrement entre les indics des uns, les indics des autres et les agents doubles, si bien qu'il y a toujours une petite brume de méfiance qui plane dans notre petit monde.

On est au bout de la chaîne, à la frange du monde. Et ça grouille de morales bizarres, les anges croisent les diables et tous ressemblent à des diables.

Mon flic vient de me prévenir que les trois gars si sympathiques qui se tournent vers moi d'un air narquois ne sont pas clairs. « Méfie-t'en, et surtout évite de les regarder ! »

« Et pourquoi ? »

Il est parti sans me répondre.

9 janvier

Difficile de se perdre sur terre ; On peut t'appeler même si tu te trouves sur l'îlot le plus lointain. Tu ne peux plus te cacher. Il y a toujours un copain, une femme, un parent qui te reproche de ne pas avoir pris ton portable.

Même chez les clodos, libres en principe de toute entrave, tu as des emmerdeurs qui veulent savoir où tu es. C'est la grande angoisse de notre siècle : Téou ? Et quand tu dis que tu es à deux cents mètres de lui, il te dit : « Quel temps il fait chez toi ! » J'exagère à peine.

Alors, tu hésites à acheter un téléphone. Bien sûr le téléphone peut te sauver si tu es coincé dans un ravin, loin de tout, mais tout de même combien de fois, ça t'arrive ?

Oui, je sais, il suffit d'une fois et souvent c'est la bonne, pour que tu passes de l'autre côté. Mais si tu fais le compte, tu as plus de chance de te faire écraser que de mourir au fond d'un ravin, une nuit d'hiver.

Moi, j'ai choisi de renoncer au téléphone portable. Je ne veux pas être repéré, ni répondre aux ordres d'une sonnerie. Quand ça sonne dans ta poche, d'abord, tu te tortilles comme si tu avais des puces et quand tu sors ta chose, tu es péteux comme un enfant qui aurait fait une bêtise.

Les filles, c'est différent ; elles se précipitent dans leur sac à main comme si c'était le prince charmant qui allait en sortir. C'est mignon !

Tous mes potes en ont un, pour la sécurité, qu'ils disent. C'est faux. C'est pour bavarder ou jouer aux jeux vidéo, ou aller sur des sites pornos, ou parler coquin avec des filles payées pour te faire bander.

Va-t-en tromper ta femme avec un portable. Pourquoi tu as fermé ton portable, pourquoi t'as désactivé le GPS, où t'étais ? En réunion ! Elle a duré trois heures ta réunion ? Ben, j'ai oublié de le rallumer ! Prends-moi pour une conne ! Et patati et patata...

En fait, sans portable, tu es décalé. Tu apprends toujours les choses plus tard. Tu vis à contretemps. Les nouvelles t'arrivent une semaine après, comme aux temps passés, et tu as toujours l'air ahuri quand on t'apprend un mois après les autres que Tartampion est mort.

J'aime ce petit décalage dans les infos. Les potes me prennent parfois pour un demeuré. Pour eux, je ne suis plus dans le coup. En fait, ça me repose de ne pas en avoir parce que je peux encore m'étonner. Je m'étonne deux fois, une fois parce que j'apprends et une deuxième fois parce que je l'apprends si tard.

Finalement, sans téléphone, on est moins angoissé. Tout peut attendre. Je sais que pour un trader, c'est important d'être le premier informé, pour moi, non. Ça me donne toujours un temps de retard sur l'événement. Un temps d'avance ou de retard, c'est pareil, t'es toujours à côté. On valorise le temps d'avance. C'est une erreur.

Un gars m'a dit que je fais de la physique cantique. Paraît que quand deux gars bougent à deux vitesses différentes, l'un des deux vieillit plus vite. Le dernier d'une course a vécu plus longtemps que le premier. Ça te donne pas envie de gagner, voilà une bonne raison d'être clodo.

Allez, si mon éditeur accepte mes élucubrations, ça me fera deux euros de plus. Je vais essayer de lui fourguer cette page, on ne sait jamais. Y'a rien de bien extraordinaire dans ce bavardage, sauf qu'un clodo qui sait ce que c'est que la physique cantique, ça, c'est rare !

10 janvier

Hier, j'ai fait des infidélités à Aubenas. Je suis allé à Maisonneuve, un hameau de Chandolas, sur le Chassezac, une rivière qui est pleine une fois sur deux. En amont, un barrage orgueilleux mène la cadence. Parfois, ça lui prend comme une envie de pisser. Faut juste pas être au milieu du gué quand il ouvre les vannes.

Je suis allé à Maisonneuve, parce que le soir, il y avait un concert. Trois accordéonistes dont un est le frangin de Jules. Comme ils débutent, j'y suis allé pour faire nombre. On était douze mais on a applaudi chacun comme dix. A l'applaudimètre, on était cent vingt.

Comme je me déplace en stop, j'ai pris un peu d'avance. Je suis arrivé à deux heures de l'après-midi, sept heures avant le concert. En attendant, je me suis installé sous le porche de l'église pour me protéger de la pluie. J'ai posé ma couverture dans un coin et je me suis assis dessus.

Dix minutes plus tard, arrive sur la place de l'église, une voiture. Elle se gare. En sort un gars qui me salue et qui me demande si tout va bien. Je dis oui. Il me demande gentiment si j'ai besoin de quelque chose. Comme il dit ça naturellement, je laisse entendre qu'une ou deux bricoles à manger...

Un quart d'heure plus tard, il descend avec un petit cageot où il y avait du pain, du saucisson, un bout de fromage, une pomme et une bière.

Cachée derrière ses jambes, il y avait aussi une petite fille qui devait avoir cinq ou six ans. Elle avait peur, mais je la sentais curieuse de savoir qui était ce métèque ébouriffé et balafré qui avait jeté sa couverture à dix mètres de ses fenêtres.

Son père me laisse son cageot sans attendre de merci. Quand il tourne le dos, la petite est déjà passée devant lui pour se cacher.

Mais, cinq minutes plus tard, la voilà qui revient. Et là, surprise, elle m'aborde :

« Et pourquoi tu dors là ? »

« J'ai pas de maison ! »

« Et pourquoi ? »

« J'aime dormir sous les étoiles ! »

« T'as pas peur des loups ? »

« Moi, les loups je les tape avec ma massue ! »

Et je sors mon olivier pour lui montrer.

« T'es fort ! »

Je lui ai demandé son prénom : Pépita.

On a causé. Elle voulait être docteur pour les agneaux et les hirondelles. Elle attendait impatiemment sa mamie, chanteuse de cabaret et son papy magicien.

Alors qu'on papotait, est arrivé un gars, les mains dans les poches, avec une démarche de feignasse. Il m'a parlé façon loubard pour bien montrer qu'il connaissait ma langue. Il a mis dans son texte tous les mots d'argot qu'il connaissait. Moi, histoire de l'emmerder, j'ai essayé de parler propre et lui ai sorti le français de Victor Hugo. Il est resté sur le cul, façon de parler, vu qu'il est resté sur ses pattes. Il se la jouait sympa mais de haut. Moi, je la jouais agacé mais d'en bas.

Sa grosse voix a vite couvert celle de la petite qui a reculé de quelques pas. Elle a tourné ses petits doigts autour d'une boutonnière de son gilet, a attendu un peu et puis, elle est partie. J'ai essayé de la retenir mais en vain. Je lui ai crié : « Adieu, Pépita, ce soir je suis au concert ! »

Après avoir bavassé pendant dix minutes, voyant que j'amenais pas trop d'eau à son moulin, il a fini par sortir un paquet de cigarettes de sa poche. Et puis, façon : « allez, finalement, t'es un brave mec, prends... », il me l'a jeté sur les genoux. J'ai pas su s'il me l'offrait ou s'il me le crachait dessus.

Je fume plus trop. Il aurait pu me le demander. Même pas. Il a fait sa B.A et il est parti.

Un peu plus tard, la petite est revenue. Elle n'a pas arrêté de parler. J'arrivais même pas à en placer une. Elle m'a tout dit. Moi, j'avais seulement le droit de dire : Ah, oh, ah bon, eh ben... Et la voilà qui repartait pour un tour. C'était passionnant.

Pour une fois, une journée pleine. Du bon et du mauvais.

Un, je fais plus peur aux enfants. Deux : un grand con m'a quand même craché dessus ses clopes.

Avant qu'on ne se quitte, elle m'a demandé pourquoi j'étais nerveux. J'ai eu du mal à saisir. Quand j'ai compris ce qu'elle voulait dire, une de mes mains s'est jetée sur l'autre pour l'empêcher de vibrer et j'ai trouvé une excuse idiote. En partant, j'ai fait attention de ne pas trop tituber.

Parce que quelque chose me dit qu'en plus du syndrome du vibromasseur, j'ai celui du culbuto.

12 janvier

Je suis ravi. J'ai trouvé la solution. Aujourd'hui, je suis allé au supermarché. A la sortie d'une caisse, mon cerbère était là. Il m'a demandé d'ouvrir ma redingote. D'un air outré, j'ai dit non. Il a claqué dans les doigts et deux baraqués sont arrivés. Je me suis tourné vers les clients et les caissières qui étaient au spectacle et là, j'ai dit tout fort :

« Y'en a marre que vous me demandiez d'ouvrir ma redingote, ça suffit maintenant, je ne suis pas un voleur. Non, cette fois, j'ouvre pas ma redingote ! »

« Monsieur, ouvrez, sinon, j'appelle la police ! », il a dit tout fort.

Alors, dépité, en fureur, je l'ai ouverte. Et là, éclat de rire général, gloussements, stupéfaction, scandale : j'étais à poil. J'avais que mes bottes.

Alors, j'ai dit tout fort :

« J'avoue, j'ai volé une petite saucisse et deux cacahuètes, je vous les rends ! »

Et j'ai tiré sur ma zigounette. L'autre s'est reculé comme si j'avais voulu le violer. Il n'a même pas ri. Pire, il s'est enfoncé. Il a bafouillé :

« Monsieur, on a pas le droit d'être tout nu sous son... »

Je l'ai coupé et lui ai répondu :

« Et sous son caleçon, on a le droit d'être à poil ? »

Et je suis parti comme un tragédien sortant de scène.

C'est la première fois que je fais ça. C'est pas mon style, moi, si timide... J'attends qu'il porte plainte, on va rire !

13 janvier

Aujourd'hui, j'ai vu mon grand dadais. Il m'a dit qu'il était bénévole d'une association d'aide aux démunis. Il y fait un stage pour préparer un master. Pour moi, master, c'était une camionnette Renault, je savais pas que c'était aussi un diplôme.

Ce curieux garçon est une grande asperge de presque deux mètres qui marche voûté comme s'il voulait se mettre à la hauteur des gens normaux.

Il voulait absolument connaître mon nom, pour son rapport de stage, pour les profs. « Niet, mon pote. Rien dans les mains, rien dans les poches, rien dans le passé. Pas de nom, pas de date de naissance. Je suis Jeannot, un point c'est tout ». Il n'a pas insisté.

Il a longtemps hésité avant de continuer. Visiblement, il était mal à l'aise, je l'avais séché. Je m'attendais à avoir une longue discussion, et voilà qu'il me quitte en inventant une raison idiote. A mon avis, ce gars-là ne va pas bien. Je l'ai laissé partir. Il semblait ému.

Tout ce que j'ai su, c'est qu'il s'appelle Hector et qu'il a vingt six ans. Il ressemble à James Dean mais en beaucoup plus grand. Il est né à Aubenas. Dire que si j'avais eu un enfant, il aurait pu ressembler à cette grande asperge.

Ça me défrise de voir cette grande courge avec son regard clair, toutes ses dents et tant de vie retenue dans ce corps si maladroit. Il a l'âge de se lancer dans la vie et j'ai l'impression qu'une ficelle le retient par le pied.

Demain, j'ai rendez-vous avec mon toubib. Depuis quelques jours j'ai une douleur bizarre dans le bide. C'est pas mon ulcère, c'est une nouvelle douleur, une sensation inconnue.

Mauvais présage, surtout à mon âge. Mes potes me disent qu'on pense toujours au pire, au cancer mais qu'en fait, neuf fois sur dix... c'est un cancer. Je les ai traités de cons. Et je suis parti en fureur. Eux étaient hilares, bien entendu.

15 janvier

Jules prétend que les gens veulent absolument nous traîner dans les foyers pour nous cacher. Il parle même de rafles. Jules est encore en quarante à fuir les nazis. Derrière chaque flic, il croit voir un SS.

Qu'en penser ? Je ne veux pas noircir les bien-pensants ; je pense qu'ils veulent notre bien mais, un peu trop, sans doute. Dans cette affaire, c'est une histoire de mesure.

J'hésite à conclure. Ils veulent peut-être nous cacher parce qu'on leur rappelle ce que tout le monde, un jour peut devenir. Qui sait !

Une idée bizarre m'est venue. Et si on nous cachait parce qu'on rappelle aux gouvernants leur impuissance à supprimer la pauvreté ? C'est sûr qu'au siècle de l'homme sur la lune, c'est humiliant de se dire qu'on n'est pas capable de donner à tout le monde de quoi vivre correctement. Blessure d'amour propre d'une société orgueilleuse, en somme...

Il y a peut-être une autre raison qui s'ajoute aux précédentes. C'est une vague intuition que j'avais enterrée jusqu'ici parce que ça me paraissait bête mais, l'expérience m'a appris que lorsqu'une intuition reste collée comme une merde sous mes chaussures, c'est presque une certitude.

Je me souviens qu'au temps où j'avais une vie bien ordonnée, dans la voiture qui nous emmenait au boulot, mon pote tournait toujours les yeux vers une vieille caravane posée au milieu d'une clairière. Chaque jour, il tournait la tête vers cette caravane aux dégoulinures noircies par les intempéries. Un de ses yeux avait pitié alors que l'autre brillait comme s'il avait vu un diamant. Alors, j'ai eu une idée :

S'ils veulent nous cacher, c'est peut-être pour ne pas être tentés. Mais voilà, tentés par quoi ? En quoi on fait bander, nous, les vagabonds ?

Peut-être, parce qu'ils s'imaginent qu'on est libres de faire ce qu'on veut, sans femme, sans enfants, sans travail sans obligation, sans paperasse. Le sauvage primitif, l'homme libre de toutes ses chaînes, quoi. Il y a peut-être une nostalgie de ce temps où il n'y avait pas d'administration où la terre était infinie et peuplée d'aventures excitantes.

Et après avoir eu cette idée bizarre, j'ai douté. Je me suis dit que je veux sans doute me trouver une raison de vivre, une valeur. Après tout, imaginer qu'on puisse nous envier, même pendant deux secondes, c'est toujours ça de pris pour la fierté. On ne peut quand même pas être des ratés à plein temps. Etre un peu envié, même d'un œil sur deux, c'est toujours ça...

16 janvier

J'aime les soldes. Ce jour-là, les gens sont fous. Ils se précipitent sur des choses sans importance qui valent juste un peu moins cher que la veille. Ils veulent faire des économies et ils repartent en ayant vidé leur porte-monnaie. J'ai jamais compris. Parce que c'est moins cher, ils achètent des inutilités. Tout compte fait, au lieu de s'acheter une robe, elles en achètent trois. Et elles n'en mettront qu'une seule.

Ce jour-là, je fais des affaires. Comme les gens sont convaincus d'avoir fait des économies, ils sont plus généreux. S'ils savaient !

Mes frusques, je les prends au secours catholique, parfois dans les poubelles. C'est fou ce qu'on jette ! Le secours catholique et le secours pop m'ont dit qu'ils refusent la fripe tant il leur en arrive. Tout ça part à la décharge ou à la transformation. Dire que quand j'étais gosse, un habit, ça valait quelque chose !

Aujourd'hui, on est de plus en plus riches et pourtant, on a l'impression d'être de plus en plus pauvres. Comme je suis au point zéro de la consommation, je vois bien la richesse augmenter. Il y a de plus en plus de babioles aux étalages. Et comme les gens croient ces choses indispensables à leur bonheur, ils se croient pauvres du seul fait qu'ils ne peuvent pas se les payer. Plus il y a de choses à acheter, plus la proportion qu'on peut acheter avec sa paye, diminue. C'est ça la nouvelle pauvreté. Au-dessus des vrais pauvres qui ont à peine de quoi croûter, il y a une couche de pauvres frustrés qui font un caca nerveux parce qu'ils ne peuvent pas se payer la dernière connerie à la mode. Fais le compte de ce que tu as d'indispensable chez toi ! Et c'est de ces pauvres envieux qu'on s'occupe le plus. Certains ont internet, des portables, tout l'électroménager, deux ou trois télés, des babioles en veux-tu, en voilà, et ils n'arrivent pas à payer trente euros d'électricité. Tu téléphones moins, tu uses moins d'eau, tu fermes les lumières, tu éteins ton ordi, tu roules moins, et tu te la payes ton électricité ! Les vrais pauvres, ce sont ceux qui ont fait tous ces gestes et qui ne peuvent plus joindre les deux bouts.

Mes potes se sont passés de téléphone portable depuis qu'ils sont nés. Aujourd'hui, ce joujou fait partie d'eux comme un membre de leur corps. Et ils claquent un argent fou pour dire n'importe quoi au téléphone. Mais, t'as besoin de jacasser deux heures au téléphone, couillon ? T'as besoin de jeux vidéo, alors que tu peux faire une bonne pétanque ou une belle belote sans débourser un centime ? Je ne sais pas où on va !

Sûr que si tu achètes tout ce que les pin-up des pubs te disent d'acheter, tu seras toujours malheureux. Au moyen âge, si tu te privais, ça te manquait vraiment, et comme c'était presque toujours de la bouffe, tu canais. Aujourd'hui, si tu n'as pas de télé, ni de sèche-linge, ou de lave-vaisselle, tu canes jamais. Au contraire, tu fais marcher un peu plus tes petits muscles et tu chasses ton cholestérol. La vraie crise, c'est la connerie des consommateurs, c'est ces deux Bidochons que j'ai vus sortir avec deux caddies qui débordent.

Aujourd'hui, pour donner du travail à tout le monde, faut produire des choses dont on n'a pas vraiment besoin. T'as vraiment besoin d'un tire-bouchon électronique, d'un kit mains libres, d'un porte-clef qui joue la marseillaise quand tu l'as perdu, d'une machine à café qui fait du thé et des capuccinos, d'une crème qui comble tes rides ?

Alors, on parle comme les enfants qui font semblant : « On dirait qu'on en a besoin ». Et on achète. Ça fait marcher le commerce et l'industrie. Le jour où tu deviendras moins idiot, que tu t'apercevras que ces choses sont inutiles, qu'est-ce qu'on va devenir ? Comme tu deviens moins con, tu t'abstiendras d'acheter ces futilités. Moins d'achats, donc moins de travail, donc plus de chômeurs. Ça fout les chocottes. Moi, je risque rien, vu que je ne travaille pas et que je n'ai pas de charges. C'est toi qui vas souffrir ! Tout le monde n'est pas privilégié comme moi.

Finalement, tout compte fait, mieux vaut rester con. Ça fait moins de chômeurs.

Le jour où il y aura une vraie crise, pour moi, rien ne changera ; par contre, pour les autres... quel désastre ! Ces nouveaux pauvres n'auront pas l'habitude de manquer du superflu. Faudra que je les forme, que je leur explique comment faire. J'aurai l'air d'être une infirmière qui reçoit un train de blessés venus du front.

J'y crois à cette crise. Un jour ou l'autre, elle arrivera mais quand ? Moi, je vis bien, je suis bien soigné parce qu'il n'y a pas trop de pauvres. Pourvu qu'il y ait assez de riches pour renflouer la sécu. Sinon, qui paiera mes opérations chirurgicales le jour où j'aurai un gros problème.

Les Etats, paraît-il vivent au-dessus de leurs moyens. C'est ballot. On m'aurait demandé conseil, je leur aurais dit qu'il ne faut pas péter plus haut que son cul, je leur aurais dit que quand des enfants réclament, faut pas toujours donner. Parfois faut leur dire non, que papa maman n'ont plus de sous. Et dire qu'ils se font conseiller par des prix Nobel ces Présidents ! Je ne suis pas bien placé pour le dire, mais tant pis, je me lance, m'est avis qu'il y a autant de cons chez les prix Nobel que chez les clodos. C'est rassurant.

17 janvier

Le toubib m'a demandé de faire des analyses de sang, de pisse et de merde, rien que ça. Si les maladies n'existaient pas, on s'ennuierait.

Pour la CMU, je dis bravo. S'il y a une chose à conserver dans tout ce fatras d'aides, c'est bien celle-là.

On ne fait pas exprès d'être malade. C'est sûr que si on se drogue, si on boit et si on fume, on coûte plus cher, mais je connais personne qui a ces trois vices rien que pour faire chier la sécurité sociale.

Donc, vive la CMU mais, pour tout le monde parce qu'il n'y a pas de raison pour que les smicards payent une mutuelle et pas nous. Pareil pour tout le monde. Pauvres smicards !

En tout cas, pour mes analyses, j'ai rien payé. Royal. Vive la France !

C'est l'autre petit con qui m'a porté la guigne, l'Hector. La douleur, je l'ai ressentie le lendemain de sa visite. J'aime pas ça. Il y a des gens qui ont le mauvais œil. Délire pas Jeannot, ce pauvre môme n'y est pour rien. En tout cas, la douleur est arrivée le lendemain de sa venue et ça, je n'y peux rien !

18 janvier

René s'est suicidé, il y a trois jours. Si j'en parle c'est que mon pote Louis qui dort derrière le cimetière est venu me demander conseil. Il avait, à la main, une lettre qu'il avait récupérée sur son corps, avant que les secours n'arrivent.

René vivait dans la rue depuis que sa femme l'avait quitté voilà cinq ans. Le jour de leur séparation, il est parti en voiture et n'a pas cessé de rouler. Le réservoir vide, il s'était garé au bord d'un petit bois près de Reims, après quoi, il a brûlé sa voiture et, salut la compagnie, cap au sud.

Habituellement, personne ne parle d'un clodo qui meurt, sauf en début d'hiver mais cette mort arrive à une période où on parle beaucoup de suicides de salariés de grandes entreprises. On ne dit plus, Monsieur Machin s'est suicidé, on dit chez SNCF, France Télécom, Air France, l'Education nationale, la Police et j'en passe, il y a eu cette année tant de suicides. C'est la mode, tu appartiens à ta boîte avant de t'appartenir.

Et voilà notre René, présenté ce matin par le journaliste comme un « suicidé de la rue ». « Drame de l'exclusion ». « Drame du licenciement ». Comme pour les entreprises, le journaliste avait fait les comptes et il avait trouvé combien cette année la rue avait provoqué de suicides.

A quand le décompte des mariés suicidés avec ce commentaire : « Cette année, le mariage a causé cinq cents suicides ». Qui sait si on n'envisagera pas de supprimer le mariage ?

Aujourd'hui, pour critiquer une injustice, on appelle à la rescousse les suicidés, comme si on ne pouvait pas se débrouiller seuls. Comme les morts ne peuvent rien dire ni contester, on les associe à nos protestations.

Laissons les morts tranquilles, on est assez grands pour se battre contre les injustices sans se servir de leurs lettres !

René a laissé une lettre sans adresse que j'ai lue, dans laquelle il met en cause sa femme. C'est une lettre de reproche pour tout le mal qu'elle lui a fait, une sorte de condamnation ou plutôt une damnation du style : « Salope, si tu pouvais souffrir le martyre jusqu'à la fin de tes jours, j'en serais ravi ».

Avant de faire son article, le journaliste qui n'a pas eu connaissance de cette lettre, a fait une rapide enquête auprès de son ex-femme. D'après elle, son mari était parti à l'aventure après avoir été injustement licencié par sa boîte de transport routier.

On avait donc deux coupables. Louis en voulait à la femme de René et le journaliste, via sa femme, accusait son ex-patron.

Ce qui m'épate, c'est qu'il suffit que quelqu'un meure pour que ce qui aurait été de son vivant considéré comme du délire, devienne sacré après sa mort. Tu dis : deux et deux font cinq, de ton vivant, tu passes pour un con ; tu dis la même chose par écrit avant de te suicider et voilà que les survivants hésitent et se demandent si, quand même, ça pourrait pas, en tirant un peu sur l'élastique, faire cinq.

Et pourquoi pas traîner au tribunal les femmes, les hommes infidèles, sans parler de tous ceux qui auraient fait du mal au suicidé : toute la famille, les amis ingrats, les patrons qui licencient, les collègues de travail qui lui ont jeté des peaux de banane, le flic qui lui a mis une prune, la société pourrie, et le Dieu injuste qui a fait mourir sa mère chérie bien trop tôt d'un cancer ?

René, t'as passé cinq ans à presser ton cœur comme une éponge. Jusqu'ici, t'en avais sorti que des larmes ; il y a trois jours, t'as serré trop fort et tout a pété. T'aurais pu laisser ta femme et tes enfants tranquilles, quand même ! Sincèrement, tu manques de classe !

J'espère que, remonté comme il est, Louis ne va pas donner cette lettre à sa femme. Il répète à tout le monde que cette salope doit la lire. Quand Louis m'a demandé conseil, j'ai dit que si René avait voulu absolument qu'elle lui arrive, il l'aurait postée et ne l'aurait pas exposée à ciel ouvert.

Dire à tout le monde que sa femme est une salope, non. Nous, on n'a pas à s'en mêler. Et s'il avait dénoncé ses collègues de travail ou son patron, pareil. Qu'il assume tout seul ses dénonciations, et de son vivant, c'est pas à nous de faire son travail !

Je lui ai dit : « C'est en forgeant qu'on devient forgeron, c'est au pied du mur qu'on voit le maçon, c'est à la figure des survivants qu'on voit si le mort a bien fait les choses ! »

J'ai choqué Louis. Il m'a dit : « Tu ne respectes pas les morts ! »

J'ai répondu : « Et lui, il a de la compassion pour sa femme ? Et ses enfants qui pourraient reprocher à leur mère d'être une salope et d'avoir tué « moooon papa » ? »

On s'est engueulé.

Merci René, bravo. Tu canes, et en plus, tu me fâches avec Louis !

Oui, il y a des jours où il faut engueuler les morts. C'est pas parce qu'on est mort, qu'on a forcément raison.

29 janvier

Louis est repassé ce matin, parce qu'il avait perdu une liasse de feuilles où il avait glissé la fameuse lettre.

Et la dispute est repartie de plus belle. Je lui ai dit :

« Je pense que la mort appartient au vivant. Il y a deux façons de pourrir la vie d'une femme, la première, c'est de la harceler pendant vingt ans en tapant tous les jours à sa porte, et la deuxième, c'est de se tuer en la montrant du doigt. Je pense que se suicider c'est le plus lâche. »

« Et pourquoi ? » qu'il me dit.

« Quand tu la harcèles pendant vingt ans, le plus souvent, tu passes pour un salaud aux yeux des autres, alors que quand tu te suicides, tu passes pour une pauvre victime et on pleure sur toi. C'est donc moins lâche de la harceler de ton vivant.

« Je pige pas ! me dit Louis.

« Quand tu la harcèles, tu perds ce que tu as de plus précieux, ta fierté, alors que quand tu te suicides, tu sais que tu vas hériter de l'auréole de la victime. On pleurera sur toi et on aura l'œil mauvais pour ta femme. »

Louis est de nouveau parti fâché en me disant qu'il allait donner la lettre.

Je l'ai laissé partir. Il peut toujours la chercher sa lettre, c'est moi qui l'ai. Elle était dans la liasse de papiers que je lui ai piquée. Parce que je le connais, le Louis, quand il vient me voir, c'est pas pour changer d'avis, c'est pour que je le conforte dans la décision qu'il a déjà prise.

Tout à l'heure, je me sentais presque coupable d'avoir critiqué René. On a tort de regretter ce qu'on a dit. Vaut mieux aller jusqu'au bout de ce qu'on pense. Si c'est une connerie, au moins, on l'aura faite jusqu'au bout, on se sera purgé, peut-être qu'on ne la refera plus. Et si c'est pas une connerie, c'est tout bénef.

Et puis après tout, engueuler un mort, c'est un peu le ressusciter.

30 janvier

Ma louche, c'est un souvenir d'enfance. Une histoire d'église et de quête. Dans l'église de mon village d'enfance, il y avait une vieille dame maigre comme Olive, la femme de Popeye. Elle avait des yeux comme des canons de soixante quinze et des bras longs comme des queues de billard. C'était la préposée à la quête, ou plutôt au *raquête*. Elle avait le visage si renfrogné que ça te donnait pas envie de ne pas donner. Elle passait dans la nef portant à la main une sorte de longue perche en bois avec au bout, un petit sac en velours noir, perche qui lui permettait de pousser la pochette jusqu'au bout du banc sans écraser les pieds des fidèles.

Eux, mettaient sagement leurs piécettes dans le petit sac. Et quand un paroissien tardait à trouver sa monnaie, la vieille bique secouait le petit sac qui faisait un gling gling d'avertissement : « Donne, ou je te damne ! » A chaque gling gling, tout le monde se tournait pour voir qui était le malotru qui résistait. Le pauvre se précipitait sur sa poche, fouillait comme un malade sous les yeux noirs de sa femme. Et puis, il lâchait sa monnaie comme un voleur qui abandonne son butin.

Cette scène me faisait toujours rire et j'avoue que j'attendais, j'espérais qu'un couillon refuse de mettre les sous dans le sac pour entendre ce gling gling si rigolo.

Voilà pourquoi je fais la quête avec la louche, en souvenir de ces heures de rigolade. Mais jamais je la secoue, ma louche, ça jamais ; j'aurais trop honte de faire honte aux gens.

Ma louche commence à trembler. En fait, ça vibre dans mon moteur. C'est pas normal. Je vibrais pas comme ça il y a un an.

1er février

Les nuits de température négative, c'est quitte ou double. C'est bête à dire, mais je fais des paris. Est-ce que je tiendrai ?

A vingt ans, on parie qu'on se tapera la belle Mireille, à soixante, dans la rue, on est toujours aussi con. Est-ce que je tiendrai ? Je fais le fier. Quand la camionnette vient me voir pour m'emmener dans un foyer, je décline. La dernière fois que j'y suis allé, j'ai failli me faire tuer parce que j'avais pas voulu donner mon beau couteau en bois d'olivier. Jamais plus, une telle peur ! D'autant que je ne suis plus jeune et que je sens que le moindre coup sur la tête me la casserait comme une noix de coco.

Alors, quand il gèle, je m'engloutis sous n'importe quoi, des couvertures, des cartons, comme dans *Derzou Ouzala* de Kurosawa. Et je tiens. Je me concentre sur ma matière et c'est l'envie de vivre qui décide. Si elle est assez forte, je vis, sinon, je crève. Je suis pas encore crevé.

Quand j'ai un peu envie de vivre, les nuits de grand gel, je craque, je dors en ville. On ne sait jamais. La forêt, c'est beau, mais le SAMU n'y passe pas.

3 février

Le curé m'aime bien. On cause de tout. Chaque dimanche je le vois serrer la main de gens comme il faut. Même s'ils sont bien habillés, propres et sûrement argentés, ils on l'air un peu triste. Faut dire qu'une messe, c'est pas non plus le grand carnaval.

On me donne par principe, par charité chrétienne, pour se débarrasser de la ferraille, on me donne aussi par amour chrétien, si, si, ça existe ; c'est pas toujours intéressé, tu sais ! Peu me parlent. Les sourires, c'est plutôt pour le curé. A lui, on lui passe la brosse à reluire.

De temps en temps, un couple de paroissiens m'invite à sa table. Ce jour-là, j'essaye de me laver et de mettre du linge propre, celui que je garde en réserve dans une valise chez le curé. On parle de tout et de rien. J'ose pas demander ce qu'ils font de peur de les gêner. Moi, je parle du quotidien, de tout ce qui se passe durant la semaine.

Ils me demandent toujours si c'est pas trop dur. Je réponds que dans chaque vie il y a des choses plus dures, celles qui tournent dans la tête. La dame sourit et fait souvent : Eh, oui !

Je crois qu'ils ont rompu avec leur fille et qu'ils ne savent pas comment renouer. On m'a dit qu'elle a épousé un gars pas très comme il faut et à mon avis les parents le lui ont fait savoir. Elle a claqué la porte.

Moi, c'est la solitude et le froid, eux c'est leur fille. Mais nos tristesses doivent bien passer par les mêmes tuyaux.

6 février

A propos de curés, il me vient un souvenir.

J'étais au Puy-en-Velay à la porte de la cathédrale. Je suis entré pour visiter et là, surprise de roi, je me suis fait harponner, le mot n'est pas trop fort, par une religieuse si belle, et si gentille, si entreprenante, religieusement s'entend que mon corps n'a fait qu'un tour. Et pendant qu'elle me parlait, qu'elle me caressait avec ce si beau sourire d'amour du genre humain, moi j'étais liquéfié. Elle avait un sourire et des mots aussi doux que des plumes d'autruche.

Et c'était pas pour mes beaux yeux que cette femme me parlait, évidemment, vu que je suis vieux et moche comme un satyre, c'était pour mon âme. Elle parlait à mon âme et putain de bordel, c'était pas mon âme qui se réveillait. Et j'avais honte que ce ne soit pas mon âme qui bouge au plus profond de moi. Et je m'insultais, je m'insultais... Je ne savais plus quoi lui dire.

Elle m'invitait pour une soirée de prière ; et moi, je prie pas. Et ma bouche était tentée de lui dire ce qu'elle me faisait mais ça aurait été déplacé, idiot, méchant. Alors, j'ai fermé la bouche, serré les lèvres et je ne sais plus ce que j'ai trouvé pour m'éclipser. J'ai même rien vu de la cathédrale.

En sortant, je me sentais bête et pas très fier.

Et si j'avais accepté, je me suis dit... qu'est-ce qui se serait passé, hein ? On aurait prié avec une vingtaine d'autres vieux, avec elle pas loin, peut-être près de moi. Alors j'ai eu des pensées sacrilèges, de quoi m'envoyer en enfer. J'ai imaginé qu'elle ne savait pas qu'en fait elle cherchait l'amour, pas des hommes, mais d'un homme. J'en rougis encore d'avoir eu cette idée, et que cet homme c'était moi, tant qu'à faire. Imagine la nuit que j'ai passée !

Le lendemain, je me suis enfui du Puy. Mais jamais j'oublierai cette femme si belle et si chaleureuse. J'ai essayé d'imaginer ce que c'est que d'aimer les hommes ou Dieu, moi qui n'ai même pas su aimer une femme, et je me suis retrouvé le bec dans l'eau bénite.

12 février

Si les femmes n'existaient pas, il n'y aurait pas de réchauffement climatique. C'est fou ce que ça consomme, les femmes ! Les maris sont dehors et elles, piaillent, farfouillent dans les bacs ou sur les étagères comme si elles avaient perdu quelque chose de précieux.

On pourrait penser que je suis misogyne, on aurait raison. Et alors ! Oui, les femmes poussent à la consommation. Pourquoi ? Mystère. Et les hommes poirotent dehors et finissent au café. Et après on se plaint que les hommes sont alcooliques.

Si la femme est l'avenir de l'homme, elle est aussi l'avenir de l'effet de serre.

La femme est l'avenir de l'homme... Encore une trouvaille de faux-cul. Celui qui a inventé ce slogan avait certainement quelque chose à se faire pardonner par sa femme. Un petit coup de griffe au contrat, sans doute. Personne n'est l'avenir de personne. L'avenir arrive tout seul sans qu'on ait besoin de le pousser. J'espère que c'est pas Victor Hugo qui a dit ça !

Aujourd'hui, il n'y a que les clodos qui peuvent se permettre d'être misogynes ou racistes. On ne s'offusque pas, puisqu'ils sont des moins que rien. A quoi bon s'occuper de pauvres types qui délirent au milieu d'un trottoir et des vapeurs d'alcool ?

Nous, on peut provoquer, il ne nous arrivera rien. On peut se laisser aller. Même les gardiens de la morale, à l'image de ces bonnes sœurs qui surveillaient la longueur des jupes des jeunes filles, nous laissent tranquille. Les intégrés, les notables, les grandes gueules qu'on voit à la télé ne peuvent plus rien dire d'anodin sur les femmes, les pédés, les juifs, les arabes, les noirs et les étrangers de tout poil, sans passer pour racistes, homophobes, misogynes, dangereux.

Alors, les gens ne savent plus comment parler. Ils se censurent, de peur de se faire pousser dans l'extrême droite. Quand un homme politique dit une petite connerie, on en fait des tonnes et de l'autre côté, on ne relève même pas quand un clodo, crie qu'on devrait envoyer tous les arabes dans les chambres à gaz. Y'a pas d'égalité entre les hommes. Selon que vous soyez puissant ou misérable…

Le racisme couve aussi dans notre monde de vagabonds. On croise beaucoup d'étrangers en errance et je connais des potes qui me disent beaucoup de mal d'eux. Je suis sûr qu'en Allemagne les fascistes ont été soutenus par un grand nombre de hors classe de notre espèce, ces masses informes, sans conviction, qui feraient volontiers la révérence à un guide ou un gourou.

Je connais bien les gars de l'errance. Si tu savais ce que certains sortent sur les arabes et les juifs, et sans vergogne ! Les dictateurs ont toujours aimé les hors classe, les pauvres types qui se foutent de tout.

Un jour, un président a parlé des mauvaises odeurs venant de certaines cages d'escalier d'immeubles où habitaient des arabes. Une belle connerie !

Un jour, un pote a entendu la même idiotie, mais à l'envers, comme quoi le racisme va dans tous les sens.

Il était musicien, blanc de peau, et faisait partie d'un orchestre de noirs. Le premier soir, en tournée, il s'est vu refuser l'accès au dortoir où toute la bande se mettait au pieu. Pourquoi ? Ils lui ont répondu : « Les blancs sentent ».

Une affaire d'odeur. Comme l'autre Président, ils ne pouvaient pas le sentir, tu te rends compte ? Une affaire de nez, de nazole en somme.

Va falloir nous dénazifier et on s'aimera, toutes races confondues !

Il paraît qu'en amour, c'est pareil. Quand les mignons s'approchent pour se bécoter, leur nez sent immédiatement l'odeur de l'autre même quand il s'est bien lavé et parfumé avec un litre d'eau de Cologne. Et là, la nazole lui dit : « C'est bon coco, tu peux y aller, celui-là, je le sens bien ». Incroyable, mais vrai !

Heureusement, moi, j'ai eu de la chance. J'ai vu, tout petit, le film *Nuit et brouillard*. Je l'ai vu par accident, parce que mes parents étaient dehors en train de causer. Quand ils sont entrés et qu'ils ont vu ce que je regardais, de peur que je sois traumatisé, ils ont fermé le poste. Trop tard. J'étais marqué à vie. Le fascisme ne peut plus coller sur moi, c'est physique.

C'est pour ça que les fachos ne me font plus peur. Je peux me frotter à eux, j'adhèrerai jamais, je m'en décollerai toujours.

J'ai connu un pote qui était coco. Tant que le parti le tenait, il était le plus hardi pour dire merde aux patrons. Quand le parti a disparu, il a glissé dans l'extrême droite. C'était tout simplement quelqu'un qui avait besoin d'être tenu debout par deux mains agrippées à son col. On manque aujourd'hui de parti, de cause qui te tiennent par le col et qui t'empêchent de tomber dans la facilité, celle de croire qu'il y a un méchant responsable de tout ce qui ne va pas.

14 février

On parle déjà des élections présidentielles de 2012. J'aime assez ces périodes. Ce sont les sondeurs qui lancent la campagne. Personne n'y croit. Mon œil ! Un chiffre, c'est magique, même quand il est faux. On croit aux sondages comme on croit à l'horoscope : on s'en moque, mais on le lit tous les jours en cachette.

Alors, on se fait peur ou plaisir selon les pourcentages. Une semaine avant le scrutin, les vannes s'ouvrent et ça gicle. Un beau charivari en perspective !

J'ai jamais compris pourquoi tant de passion, tant de mauvaise fois, tant de coups tordus.

Jules m'a donné une définition originale des élections :

« Aujourd'hui, les élections, c'est à peu près ça. Deux gars identiques s'inventent des désaccords pour que la population se partage en deux groupes. Ceux qui se présentent sont si proches l'un de l'autre que je ne vois que le choix du vin pour les départager. L'un est Bordeaux, l'autre Bourgogne. L'un est foot, l'autre rugby. L'un est TF1 l'autre France 2. L'un est pour le mariage des pédés, l'autre pour le mariage des homosexuels. Ça va barder dans les chaumières avec deux projets politiques si éloignés. »

Je ne sais pas s'il a raison, en tout cas les deux sont pour qu'on ne voie plus un SDF dans la rue. Va falloir se mettre à l'abri parce que, à part nous mitrailler, je vois pas comment on peut nous supprimer comme ça d'un trait de plume de loi.

Les deux candidats veulent éradiquer la misère. Moi, quand j'entends ce mot, je serre les fesses. Ça me rappelle les pesticides et l'arrachage des ronces.

Qu'ils nous oublient, nous on se débrouille. Il y a assez de braves gens à aider. Occupez-vous des riches, ils en ont besoin. Dans dix ans, avec la grande crise, ils vont se retrouver dans la panade, les pauvres !

Et surtout, n'oubliez pas les smicards, c'est eux qu'il faut aider en priorité, ils sont au bord du gouffre. Moi, je touche le fond. Je suis debout, et bien calé. Paraît que la bonne longueur des jambes, c'est quand les pieds touchent terre. Je touche terre, donc je suis ton égal.

18 février

Grand froid. Alors, une fois n'est pas coutume, j'ai cédé et je suis allé au foyer. A moins quinze, quand je décide d'être lâche ou lucide, selon, je descends de mon arbre et je cède aux sirènes des belles jeunes filles de la camionnette qui viennent me faire leur petit sourire mignon.

Le foyer d'accueil, c'est quitte ou double, tout dépend de l'arrivage du jour. Les pieds puants côtoient les pue la sueur, les alcoolos, les pétomanes qui dégazent comme des tankers, les violents et les hurleurs. Quand tout ce petit monde se regroupe et que tu es le seul être à peu près inodore et sans saveur, t'as une seule envie, c'est d'aller te les geler dehors.

Les soirs où je me sens un peu mieux ou plus courageux, quand les jeunes du SAMU social me sermonnent en m'incitant à aller au foyer, je les renvoie poliment. En général, leurs arguments me laissent de glace. L'ennui, c'est que ces mules insistent. Alors, il faut se battre. Parfois, ils te prennent pour un irresponsable, un gars qui ne sait même pas qu'il risque de mourir, un débile, quoi.

Et quand ils abandonnent le combat, ils partent dépités. J'ai beau leur dire que si je meurs c'est pas grave, pour eux, si. Parce que le lendemain d'une « mort de froid », c'est eux qu'on engueule.

Comme en France les aides sont collectivisées, les bien-pensants se croient dédouanés de participer à la solidarité. Facile alors de critiquer ceux qui sont sur le terrain. Chaque Français devrait faire un stage obligatoire dans ces camionnettes du SAMU social, ils se rendraient mieux compte.

Je ne comprends pas les journalistes et les donneurs de leçon. Ils critiquent les autorités qui proposent de nous traîner de force dans les foyers, et ce sont les mêmes qui, le lendemain d'une mort de froid, leur reprochent de ne pas en avoir fait assez pour nous y traîner. Faut savoir, mettez-vous d'accord les gars ! Tiens, allez donc chercher mon pote qui vit dans sa cabane en pleine forêt ; expliquez-lui qu'il faut aller au foyer ! Et, surtout, un conseil, mettez un casque parce que vous serez reçu avec des cailloux ou de la chevrotine !...

Calmez-vous, respirez un bon coup et écoutez quand on dit non. Pourquoi faudrait-il écouter les femmes quand elles disent non et pas nous ; qu'est-ce qu'on a de moins qu'elles ?

19 février

Un jour, j'ai eu l'autre peur de ma vie. Je dormais derrière le supermarché dans une grosse benne où on entasse les cartons, de celles qu'on charge sur les camions à l'aide d'un crochet.

Au-dessus de moi, j'avais dix couches de cartonnages. C'était une couette du tonnerre de Dieu, seule ma tête était visible.

Le lendemain, voilà que je me réveille. Immédiatement, je sens que je bringuebale, j'ai presque le mal de mer.

Que m'était-il arrivé ? J'avais tellement bien dormi que, au lever du soleil, le camion était arrivé, avait chargé la benne et était parti pour je ne sais où.

Je me laissais bercer par mon matelas de carton, prêt à vomir quand, tout à coup, j'ai eu un moment de frayeur : Et si ce camion allait à la brûlerie me vider dans la fournaise ? Je me suis levé, me suis approché du bord de la benne et je me suis mis à crier comme un malade. Tout le monde se retournait sur le camion tant je gesticulais. Les deux mains collées au filet qui empêchait les cartons de s'envoler, je gigotais comme un singe fou sautant sur un trampoline.

Voyant tous les passants lever les yeux vers la benne, le chauffeur s'est arrêté. Quand il m'a vu, il m'a insulté comme si j'avais été un chenapan. J'avais eu tellement peur que je lui ai rendu la pareille. On a failli se battre. On s'est secoué un peu pour la forme et puis, comme on n'était pas de mauvais bougres, on s'est calmé. En fait, on avait eu aussi peur l'un que l'autre.

Finalement, il m'a offert un café et c'est là qu'il m'a raconté ce que j'avais failli devenir.

Il m'a dit que j'ai failli être déchiqueté et enduit d'un acide qui liquéfie le carton. Si je ne m'étais pas réveillé, j'aurais été transformé en morve.

Plus tard, je me suis imaginé arrivant devant St Pierre : Et vous c'est quoi, cancer, accident, suicide ? Non, moi, j'ai été digéré.

9 mars

A carnaval, je passe bien. Beaucoup, du moins ceux qui ne me connaissent pas encore, me complimentent sur mon déguisement. Ce jour-là, les gens me parlent normalement. Ils n'ont pas ce petit regard ironique, curieux ou peureux qu'ils me lancent habituellement.

Ils essayent par des petites finesses de deviner mon métier. Quand je leur dis que je suis chef d'entreprise, ils me félicitent et trouvent que mon déguisement est vraiment super. Ils ajoutent que pour les cicatrices sur mon visage, c'est vraiment un travail de pros du maquillage.

Alors, ils me parlent de ce qu'ils font, se confient facilement. Moi, je fais celui qui connaît son affaire. Ce jour-là, je respire, je m'aperçois que j'ai pas trop perdu. Mes jugements restent normaux, je peux encore donner le change.

Dans le temps, j'étais commercial, capable de vendre n'importe quoi, j'avais du bagout. Il m'en reste encore quelque chose quand je veux bien relancer la machine à palabres.

Durant ces défilés joyeux, certains me demandent si j'ai pas un emploi pour eux dans mon entreprise. Je dis non, et quand ils me demandent où est ma boîte, je la situe à Lille. Pourquoi je fais ça ?

Pour savoir si je tiens encore la route ou si je suis vraiment un clodo jusqu'au fond de mes os.

Je peux reprendre le parlé du bon petit bourgeois quand je veux. Mais, avec mes potes, ça ne passe pas. Comme le caméléon, je me mets à la couleur du temps. Quand on est dans un milieu, faut pas trop dénoter sinon, tu t'isoles. Je parle à la carte, selon mon interlocuteur.

Je suis marginal au sein d'un monde marginal. Faut le faire !

Paraît que les deux gars si sympathiques qui me jaugent, essaient de prendre pied dans le quartier. Ce sont de petits seigneurs qui veulent se découper un fief. Deux petits caïds, quoi.

Ils viennent d'entrer au bar et causent tout en me regardant. Moi, je tape sur mes touches sans m'occuper d'eux. J'ai l'intuition qu'un jour je serai obligé de faire face. Le jour où je ne les impressionnerai plus, ils m'aborderont.

9 mars, le soir

Les commerçants m'ont à la bonne parce que je ne m'assieds jamais devant leur magasin.

Demander la charité est de plus en plus mal vu. Je sais que dans certaines villes, c'est déjà interdit. Absurde !

Une société qui n'accepte pas les mendiants est une société orgueilleuse et menteuse. Il y a quelques siècles, quand le roi passait dans un village, les nobles écartaient leur manteau pour cacher les pauvres qui tendaient la main. « Sire, voyez votre beau royaume, il n'y a pas un seul détritus. Tout propre ! ».

La mendicité dans la rue n'est pas si agressive. Tout est dans la manière.

Il y a six mois, un de mes potes faisait les feux rouges. Il présentait sa petite gamelle en étain aux fenêtres des voitures. Peu s'ouvraient. Quand il revenait, il râlait.

Moi, je lui disais qu'il ne fallait pas agresser les gens. Il me répondait qu'il ne les agressait pas, qu'il y allait avec le sourire ou des yeux de chien battu.

Alors je lui ai répondu :

« Bien sûr, tu ne les agresses pas, mais eux se sentent agressés. Tu les obliges à dire non ou à te donner contre leur gré. Et quand ils n'ouvrent pas leur vitre, ils ont honte parce que c'est pas beau à voir, un riche qui refuse de donner à un pauvre. C'est comme si tu fermais la porte à Cosette, la petite de Fantine. Personne ne veut se faire traiter de Thénardier. Et en plus, leurs gosses, dans la voiture : « Et pourquoi tu donnes pas à ce pauvre, papa… c'est pas bien, papa de pas donner aux pauvres ! » Et patati et patata.

« Les parents se sentent mal, passent pour des vilains aux yeux de leurs enfants ; c'est jamais bon ça. Les gens, faut pas qu'ils aient honte, il faut qu'ils donnent avec le sourire sinon c'est raté ».

« Mais, ils pourraient donner, quand même, qu'est-ce que c'est un euro pour eux », qu'il me dit.

« Imagine que toutes les voitures donnent. Au bas mot, mille bagnoles par jour, ça te ferait mille euros par jour, au moins. Qui gagne mille euros par jour ? » Je lui dis.

« Tu déconnes Jeannot, y'en a pas tant qui donnent ! »

« Mais eux calculent comme si tout le monde donnait. Et en plus ils savent que tu as le RSA. Pour eux t'en as assez. Il faut qu'ils te connaissent pour te donner, qu'ils connaissent ta situation. Sur la route, t'es personne, ils ne peuvent pas savoir si tu es un mec bien ou un sale con. Ils ne veulent pas se faire avoir ; ça c'est leur hantise : ne pas se faire avoir ! »

Depuis que mon pote a choisi un coin fixe d'Aubenas où il essaie de faire sa petite place, il gagne assez.

Mais je crois que j'aurais mieux fait de ne rien lui expliquer et de le laisser taper aux vitres des voitures. Comme il boit, tout part en cirrhose et en pisse. Le problème c'est que dans son cas, plus tu gagnes plus vite tu crèves. C'est pour ça que dans certains cas, l'argent, faut pas trop en donner.

J'ai beau faire le fier en donnant des leçons de manche ; aujourd'hui, je n'en mène pas large. Un gars est venu me rappeler que je suis une truffe.

Hier, en tendant ma louche, un gars m'a proposé du boulot à plein temps. J'ai failli accepter. Et puis, j'ai eu peur. Peur de revenir à la vie normale. La vie normale, c'est des ennuis... tu peux rencontrer une femme. Et redonner dans ce trafic, ça me fatigue. J'ai plus l'âge. Je sais que je décevrai.

Je vais laisser aller en roue libre. Quelques heures par ci quelques heures par là, j'ai pas le temps de décevoir. Je fais juste bonne impression. Et une fois que les gens me sourient, je me casse pour qu'ils n'aient pas à faire la gueule quand je les décevrai. Pendant deux heures, je fais illusion. C'est après que ça se gâte.

10 mars

Depuis la crise, je vois de plus en plus de vagabonds. Paraît que celle-ci, c'est la vraie de vrai. Et les autres alors, pourquoi on les a appelées des crises ?

Paraît que ces nouveaux vagabonds que je vois arriver comme des sauterelles épuisées, sont des anciens smicards qui viennent juste de mettre le pied dans la grande pauvreté. Ils ont reçu un coup sur le carafon, un licenciement, un divorce, un trop plein de bibine, ou les trois à la fois, et voici qu'ils font la culbute !

Les histoires d'amour qui se terminent mal sont souvent la petite goutte qui fait déborder le vase. L'économie a sa part, mais une fois sur deux, ce sont des histoires de vie qui font basculer les gens. Quand on aime et qu'on est aimé, les problèmes économiques, c'est du pipi de chat. L'amour nous fait tout bousculer.

Cet afflux de nouveaux vagabonds m'inquiète. Ils ne sont pas solides. Ils ne connaissent pas la rue. Ils sont fragiles et se laissent souvent avoir. Ils manquent de formation. C'est pas à l'école qu'on apprend la rue, ce sont eux qu'il faut aider en priorité.

Ils se jettent sur le RSA comme sur une bouée et s'inscrivent dans les mairies pour avoir une adresse et une boîte aux lettres. Je les comprends, ils n'ont jamais appris à vivre sans argent. Chez nous, ils sont comme à l'étranger.

Moi, j'ai été une fois au RSA. Un fiasco. J'étais gêné, comme si j'avais enfilé une chemise trop serrée. Ça n'étouffe pas mais ça en donne l'impression. A l'époque tout mon RSA allait dans la poche des alcooliers. On aurait dû me le retirer de force, mon foie et mes neurones auraient moins souffert. Par obligation, je me serais restreint et aujourd'hui, peut-être que je flageolerais moins sur mes gambettes.

Mes potes touchent les aides sociales. Eux, ça les gêne pas. Ils l'utilisent pour acheter des téléphones portables, des abonnements et payer des coups à boire ou une nuit d'hôtel. C'est leur argent de poche vu qu'ils n'ont pas d'autres frais. J'ai calculé qu'à la fin du mois, comme la bouffe, entre les poubelles et les restos du cœur, est gratis, les soins aussi, il leur reste en poche plus que ce qui reste à un smicard qui a les charges de Monsieur tout le monde.

C'est les smicards qu'il faut aider. Nous, avec la manche, on se les fait les quatre cents euros à la fin du mois et on n'a pas l'eau et l'EDF, ni le loyer à payer ou l'assurance de la voiture.

Les politiques devraient faire un stage de clodo et de smicard, ils verraient qui il faut aider en priorité.

18 mars

Comme je louche, je vois deux textes, deux textes légèrement décalés. Avec l'habitude on s'y fait. J'ai beau me donner des coups sur la tête, mes yeux ne se redressent pas.

Je fais un gros effort pour les remettre d'aplomb, mais c'est épuisant. Je tiens trois lignes, après je craque comme ces vieux cons qui rentrent leur ventre devant une belle fille. Ça dure jamais longtemps.

Un jour, j'ai reçu une batte de base-ball sur la tête et ça me les a déréglés. Dieu n'a pas prévu une molette pour refaire manuellement le parallélisme. Le docteur m'a dit : « Ou c'était ça ou c'était la paralysie ! ». J'aime mieux ça.

Depuis, je vois la vie en double. Deux vies pour le prix d'une. Et c'est pas toujours drôle. Si on additionne ma sale gueule et mes yeux qui tirent dans les coins, j'ai l'air d'un débile profond.

Un petit con m'a pris pour un voleur. Une nuit de grand vent, histoire de me protéger, je me suis calé entre deux poubelles en plastique. Ça se passait devant un petit pavillon bien coquet. Un garçon qui m'avait pris pour un voleur est sorti et m'a assommé. Comme je somnolais à moitié, j'ai rien vu venir. Heureusement que les couvercles des poubelles ont amorti le coup. Ça faisait trois fois que la famille se faisait cambrioler par des petits cons. J'ai payé pour les petits cons.

Alors maintenant, quand je m'installe quelque part, je fais toujours du bruit pour m'annoncer et je cause toujours avec les riverains. Ou alors je chante ; ou je fais le poivrot. Ça rassure toujours de faire le poivrot. Les gens savent qu'un poivrot c'est rarement violent et les braves gens peuvent toujours me montrer comme contre modèle à leurs enfants.

Le sommeil, c'est le moment le plus dangereux de la journée. Et comme j'ai le sommeil profond, on peut me foutre à poil que je m'en apercevrais pas. Tant que c'est ça, passe encore. Mais les coups, je crois que je suis à la limite de ce que je peux encaisser. Ma cervelle fait déjà floc floc, j'ai pas envie qu'elle fasse splatch.

Avant que j'aie pu maîtriser mon affaire, j'avais du mal avec mon ordinateur. Quand je voulais écrire : Monsieur, ça donnait toujours : Libquzye. Mon doigt tombait un peu à côté. J'ai mis un certain temps à trouver la parade. Si bien que maintenant, quand je suis reposé, mes yeux écrivent en fait : %p ?dorit et l'écran me donne : Monsieur ; et je vois MMoossiieeuurr en deux lignes décalées. J'ai fait comme le facteur, dans *Jour de fête*. Magique !

J'ai une autre technique, bien plus efficace. Je me mets un bandeau sur un œil. Ça, je le fais que quand j'écris, pas ailleurs parce que les gens pourraient croire, en me voyant retirer le bandeau, que je joue au pauvre aveugle qui cherche à faire pleurer dans les chaumières. Alors, quand le patron me voit sortir mon bandeau, il me fait toujours la même réflexion :

« Ça y est, Victor Hugo prend sa plume. Fais chauffer le café Georgette, notre poète a besoin d'encre pour tremper sa plume ! »

Et quand Georgette arrive, elle jette toujours un coup d'œil sur l'écran pour chiper quelques mots à la sauvette.

Je lui assure que je ne parle pas d'elle. Elle a l'air déçu.

20 mars

Je viens de relire ces quatre-vingt seize pages, histoire d'avoir une vue d'ensemble. Finalement, je devrais remercier mon éditeur parce que, quand j'écris, mon sang circule mieux. De plus, j'ai l'impression que je me décalamine, que je vire mon cholestérol. J'ai l'impression que toutes ces lettres d'alphabet circulent dans mes veines et raclent la graisse qui se dépose sur les parois de mes artères.

Mon toubib se fout de moi et me dit que la Simvastagmyne est bien plus efficace que mes lettres d'alphabet. A voir !

D'un côté, ça va mieux, d'un autre, du fait que j'ai renoué avec le temps, j'ai comme l'idée que ça va mal finir. Pardi !

Ma louche tremble toujours. C'est pas ma louche, c'est moi qu'il faudrait changer.

25 mars

Le printemps, c'est une saison qui te donne envie de vivre éternellement. Les parfums nouveaux venus du fond de la terre t'emportent sur leur tapis volant et toi, debout le torse bombé, le nez pointé vers les nuages, tu as l'impression d'être une flèche qui fend l'air.

Mais ça ne dure pas. L'été arrive qui te remet au pli et qui te dis que bientôt tu vas transpirer comme une vache, recommencer à pourrir, à te décomposer. M'est avis que je ne suis pas dans un bon jour !

28 mars

C'est pas un cancer. Le mal a disparu comme par enchantement. Le môme n'était pas un oiseau de mauvais augure. En tout cas, c'est ce que m'a dit mon toubib. Quand des soucis t'embrument le cerveau, le corps fait de l'acide, et ça te brûle les boyaux. C'est scientifique. Mon gars peut revenir.

Je finissais de lire la lettre du toubib quand il est entré. Je suis si heureux de ne rien avoir au bide que je l'ai reçu avec un grand sourire. Il s'est arrêté au milieu du bar et il a ouvert de grands yeux étonnés.

Au bout de quelques minutes de parlote, il m'a parlé de réinsertion. J'ai souri intérieurement. Je lui ai dit que j'ai pas envie de me réinsérer, que je suis dans le monde, qu'il n'est pas nécessaire de m'y encastrer de nouveau.

Insertion, quelle horreur ! Qui voudrait rentrer dans le monde comme un coin dans un billot de bois ? Personne n'a envie d'être inséré. On veut plutôt être libre de ses mouvements. Rien que le mot fait fuir.

James Dean m'a expliqué que c'était une métaphore, que c'est dit avec de bonnes intentions. J'ai répondu qu'on n'entend que ce qu'on veut, pas ce que les autres veulent qu'on entende. J'ai ajouté que ce mot fait plaisir à ceux qui l'emploient et que c'est pas un mot à nous, les clodos.

Il m'a demandé quel mot j'aurais employé.

« Aucun, mon gars. Je suis déjà dans le monde ; pas besoin de m'y ramener. La rue ne se trouve pas hors des remparts, les rues font partie de la ville, de leur intérieur. Je ne suis pas un exclu, je suis aussi inclus que toi ! »

« Mais vous n'avez pas de famille, pas de maison pas de boulot ! »

« Mon boulot, c'est de tendre ma louche ; qui te dit que j'ai pas de famille ? »

« D'où vous êtes, de quelle région ? »

« Ah, nous y voilà. Tu es venu pour enquêter ? »

« Pour mon rapport de stage, il faut bien… »

« Invente. Mes origines, ma vie, invente ! De toute façon c'est pas ça qui les intéresse. Fais-moi bourguignon, auvergnat, breton, plombier, prof, éboueur, ministre, peu importe ; ton mémoire sera aussi bon. Et pour ma santé, c'est toujours pareil. Ou alcoolo, ou drogué, ou accidenté du travail, divorcé, enfant placé à la DDASS, orphelin. Là aussi, invente. Et n'oublie pas les fondamentaux : enfance malheureuse. »

« C'est votre cas ? »

« Non, couillon. Justement, c'est enfant que j'ai été le plus heureux. C'est plus tard que j'ai merdé. Va comprendre ! »

Ça a commencé comme ça avec ce môme. Je sais même pas pourquoi je lui ai parlé. J'en ai jamais dit autant avec personne. Pourquoi ? Parce qu'il m'a fait de la peine avec son mémoire à rendre. C'était mignon. J'allais pas lui faire rater ses études, tout de même !

1er avril

Mon stagiaire s'incruste. Me voilà maître de stage. Je lui redemande son nom, mémoire oublieuse oblige : Hector. Il vient de Mulhouse. Curieux hasard, c'est de là que je viens, c'est là où je ne veux plus aller. Je lui ai demandé :

« Pourquoi tu m'as dit que t'étais d'Aubenas ? »

« C'est à Aubenas que je suis né mais à l'âge de deux ans, j'ai déménagé en Alsace. »

On cause. Mais je sens qu'il tourne autour du pot. Ses profs ont dû lui dire d'essayer de biaiser pour connaître mon passé.

Et puis, surprise, voilà qu'il me parle d'un autre clodo, un inconnu qui traîne du côté de Pont d'Ucel, un gars qui aurait quitté sa femme et son fils de deux ans.

« Vous savez, moi aussi, j'hésite à lui parler de ces choses-là ; j'ai peur de le faire fuir ! »

« Alors, le fais pas ! Qu'est-ce qui t'oblige ? »

« J'ai cru comprendre que son fils lui manque ! »

« Et pourquoi donc ; il l'a connu ? »

« Il est parti, quand le petit avait deux ans ; il l'a à peine vu ! »

« Et comment tu sais ça, puisque tu me dis que tu n'oses pas lui parler de cette affaire. T'es bizarre toi ! »

« Il m'a dit ça comme ça, sans que je lui demande rien. Et puis, il s'est tu et m'a dit de ne plus l'interroger là-dessus ! »

« Et alors, laisse-le tranquille, t'as besoin de savoir ça pour ton mémoire ? »

« Non, mais... »

« Mais quoi ? »

Hector s'est tu. Il a baissé la tête. Alors j'ai eu une intuition. Je me suis dit que ce bébé, c'était peut-être lui. Aujourd'hui le bébé a vingt six ans et mesure presque deux mètres, et quelque chose me dit qu'il ne sait pas comment faire connaissance avec son père. Que dire à mon asperge, que son père ne pense sans doute pas à lui, pire, qu'il l'a oublié ? Ça m'a fait de la peine.

Le même jour

Tout à l'heure, devant ma machine, dans la partie éditeur, j'ai voulu raconter un souvenir.

J'ai pensé : « Il y a un mois, il m'est arrivé une couille ». Et je me suis repris comme un enfant qui met sa main devant la bouche. Alors, j'ai écrit : « Aujourd'hui, j'ai eu une déconvenue ».

Sous mes doigts, ça avait l'air ridicule. Si Victor Hugo avait employé ce mot, tout le monde aurait trouvé ça normal ; moi, non. Un clodo, il lui arrive une couille, à Victor Hugo, une déconvenue.

J'ai consulté un dictionnaire et me suis rendu compte que, déconvenue n'est pas synonyme de couille. Déconvenue signifie surprise et déception, couille, non. Une couille, c'est plutôt un événement désagréable, un incident, voire un accident. D'ailleurs, au passage : « Aujourd'hui, il m'est arrivé un testicule », ça ne donne rien, ce qui prouve que le dictionnaire des synonymes ne sert pas toujours.

J'ai quand même gardé déconvenue. Même si c'est pas le mot adéquat, il me forme la main. Je laisse à mon éditeur la responsabilité de mettre couille si tel est son bon plaisir ; tant pis s'il se moque de ce clodo qui veut péter plus haut que le cul de Victor Hugo.

J'ai remarqué que lorsqu'on fait un effort pour bien parler, le visage se transforme. On n'utilise pas les mêmes muscles pour dire couille que pour dire déconvenue. Déconvenue t'oblige à travailler d'autres muscles du visage. C'est comme la gym, plus tu te tords, plus tu es souple. Plus je dirai déconvenue plus je redresserai mon parler.

Je vais te dire maintenant, ce qui m'est arrivé ce matin, parce que c'est bien de bavarder, mais, il faut quand même raconter. Si chaque fois que je dois raconter une histoire, je me mets à décortiquer un mot, on n'en aura jamais fini.

Ce matin, je me suis retrouvé sans bottes. La nuit, quelqu'un est venu me les retirer. J'ai rien senti.

Me voilà donc pieds nus. Et, horreur, j'ai découvert que j'avais des ongles longs et noirs. Consternation. Comment peut-on être sale, à ce point ? Jamais, j'avais réalisé à quel point je m'étais laissé aller. Un vrai choc.

Alors, j'ai pris mon couteau, l'ai aiguisé et je me suis coupé les ongles. Ensuite, j'ai raclé le noir qu'il y avait en dessous. Quel bonheur de voir tout ce cambouis partir dans le caniveau ! En grattant, j'ai même retrouvé le rose de ma peau de gros bébé. Magique !

Je retrouve le plaisir d'être propre. C'est nouveau. Il se passe quelque chose.

Je suis sûr que c'est la déconvenue de tout à l'heure. Plus tu emploies des beaux mots, plus tu te décrasses.

Je vais me relire et supprimer toutes les couilles inutiles, celles que j'ai écrites par laisser-aller. Je ne garderai que les couilles obligatoires, celles qui hébergent les morpions. Certes, ça fera moins clodo d'employer des beaux mots, mais au moins, ça sentira un peu plus le bébé tout propre.

3 avril

Ça fait trente ans que j'entends parler de crise. A force de croire qu'on était en crise, la bonne, la vraie de vraie est arrivée.

On est en crise et les caddies sont toujours aussi pleins, ce qui prouve qu'il reste encore du surplus à écluser. J'ai rien compris à l'économie, jusqu'au jour où on m'a expliqué qu'un pays, ça se menait comme une famille. Si tu dépenses plus que ce que tu rentres, c'est le début de la bérézina. Je dis le début, pas la bérézina. Tout ça est une affaire de mesure comme disent les gens éduqués. C'est comme les gifles. Tu donnes une bonne tarte à un gosse qui t'a insulté sans raison, c'est une chose, si tu frappes un peu plus fort et sans raison valable, tu deviens un salaud et le gosse un enfant battu. Tout est dans la mesure et l'intention.

En économie, m'a dit mon pote, si tu dépasses la cote d'alerte, t'es emporté. Il paraît que les Etats vont s'étaler. Aujourd'hui, ils se sont pris les pieds dans le tapis. Va falloir peut-être vendre les bijoux de famille. Parce qu'il n'y a pas de super banque qui viendra renflouer. Dieu n'a pas encore de compte en banque illimité où les cigales vont pouvoir venir téter.

Faudra se serrer la ceinture. Moi, j'ai trouvé la solution, j'ai des bretelles.

Paraît qu'il faut prendre chez les riches. C'est souhaitable. Mais si tu prends chez eux, c'est comme un fusil à un coup, une fois que t'as pris, si les riches n'ont plus de sous pour te fabriquer des emplois, tu te retrouves le bec dans l'eau. Là aussi, même si ça arrache le cœur, tu peux pas trop en prendre, sinon ils s'arrêteront de créer des emplois. C'est pas simple.

Comment prendre aux riches sans les décourager de fabriquer du travail, là est la question ?

Y'a pas à dire, c'est quand même plus facile de prendre aux pauvres. Eux ont l'habitude, et ça se voit à peine, vu que ce qu'on leur prend à chacun c'est assez peu.

J'ai pas la solution. Même les économistes cafouillent. Ils savent tout, mais après. Moi aussi, j'aurais pu dire à Gavroche de ne pas aller chercher les balles perdues sous la mitraille. Fastoche, surtout quand on connaît la fin.

Alors, la solution pour mettre fin à la crise ? Aucune. D'abord, payer le prix des bêtises. Ensuite, greffer dans le cerveau des hommes une puce électronique qui te fiche du deux cent vingt volts chaque fois que tu sors plus que ce que tu rentres.

Attention, accroche-toi parce que ça va être compliqué. Si t'es pas prix Nobel, peut-être, tu comprendras pas. Jusqu'où s'endetter, où est la limite ? Le professeur Krantz va te le dire.

La limite, elle est là. Quand tu sens dans le ventre un petit gargouillis, ou une petite douleur dans la nuque, bref un malaise dans le corps ou la tête avant d'aller à la banque demander un prêt, là, tu dois te dire : Stop, mon corps dit non.

Interroge les femmes. Parfois, le cœur dit oui, et le corps dit non. Alors, c'est leur corps qu'elles doivent écouter. Faut écouter son corps parce que ta tête est légère comme un nuage de fumée, elle voudra toujours plus et aura tendance à dire oui à toutes tes envies. Ta tête est un pousse à l'endettement. Jusque là, tu me suis ?

Mais comme tu ne peux pas couper ta tête, il faut l'ignorer et écouter ton corps. Quand on te tentera avec un placement à 20 pour cent, ne bouge pas. Lâche la main de l'enchanteur qui te promet monts et merveilles. Ecoute ton corps. Et si ça gargouille, va-t-en. Mais va dire ça à un Président de la République qui se la pète !

L'avenir, tu peux pas le connaître. Lui, par contre il te connaît bien. Alors, ne le tente pas.

Conclusion : Pour les emprunts, gare aux sirènes qui te montrent leurs nichons.

Moi, je renonce par la force des choses. D'ailleurs j'en ai connu qui deviennent pauvres par décision, parce qu'ils savent qu'ils n'ont pas de paratonnerre, ils savent qu'une fois riches, ils deviendront cons.

Quand j'étais jeune, j'avais les yeux gros comme des soleils. Je salivais pour tout. C'était le temps où il y avait du boulot et des tas de nouveautés technologiques à acheter. J'arrêtais pas de tanner mes parents pour avoir ci ou ça. La mobylette, le tourne-disque, **la** minicassette, l'appareil photo, le circuit 24, etc.

Et comme j'étais hargneux comme un chien enragé, mes parents, surtout mon père, cédaient. Après quoi, je leur disais : « Vous voyez bien qu'on trouve toujours de l'argent ! »

Pour moi, l'argent était dans les banques, il n'y avait qu'à aller le chercher.

Et puis un jour, on est venu me dire que mon père avait eu un accident. Il était tombé d'un arbre. J'ai demandé ce qu'il allait bien foutre sur cet arbre, moi je pensais qu'il avait une maîtresse. En fait, les dimanches, il allait faire du bûcheronnage pour terminer le mois.

Deux jours après, il est mort. Il avait le visage tout rouge du sang qui s'était écoulé sous la peau.

C'est ce jour-là que j'ai compris que s'il n'y avait pas de limite à la connerie, il y en avait une à l'argent. Mon père suait en dehors de ses heures de travail pour m'acheter ce que je demandais. Trop faible. S'il m'avait donné une taloche, peut-être qu'il ne serait pas mort, et moi je n'essaierais pas chaque jour de renvoyer ce souvenir au fond de moi. A qui la faute ?

Faute ou pas, il est cané et moi je suis toujours là. Alors, j'ai beau jeu de faire la leçon à tous ceux qui veulent péter plus haut que leur cul, je vaux pas mieux…

Il est cané et moi j'ai pas pu le sauver. On ne refait pas l'histoire. Ma mère est morte peu après comme une bougie consumée. J'ai dévalé en pente douce jusqu'au mariage et tu connais la suite.

Mon père ne m'a pas appris à renoncer. Je suis devenu un enfant de la société à tout avoir et encore plus, une société où renoncer à acheter une nouveauté est presque honteux. Ça commence à l'école et ça continue dans la vie. La société n'a que ce qu'elle mérite.

Moi, je les attends de pied ferme tous ces couillons une fois que l'Etat sera à terre. Quand je les verrai, je leur dirai : « Vous êtes moi tout craché ! »

5 avril

Depuis ce coup fatal qui a fait vibrer ma cervelle comme de la gélatine, j'ai des trous de mémoire. Je perds certains mots, que je dois aller rechercher en faisant des détours épuisants. Parfois, ils me reviennent une heure après, sans que je puisse dire pourquoi.

· Bref, je commence à baisser. Et quand les potes disent d'un prochain qu'il baisse, c'est qu'il s'approche plan plan de la folie douce. Alors, ça me vexe. Je me ressaisis pour leur montrer que je suis encore bon à quelque chose.

Il m'arrive de préméditer des coups bas. J'apprends quelque chose par cœur et je le leur récite comme ça, sans en avoir l'air. Ils sont sidérés. Mais l'illusion est de courte durée. Comme cette mémoire retrouvée ne colle pas avec mes oublis, ils me trouvent encore plus bizarres. Alors, j'ai arrêté mes gamineries.

D'autant que je n'arrive plus à cesser de trembler. L'alcool a dû me brûler trop de neurones.

10 avril

Mon gars est passé. Il n'a pas été très bavard. Il avait l'air d'être bien, comme ça, assis à ma table, à me regarder taper sur mes touches. Il a bu deux cafés et il est parti. Je suis bien avec lui. Je me sens plus obligé de parler. Lui non plus.

Quand il est parti, je suis allé faire les poubelles. Avec ces sacs de plastique noirs et fermés à double tour, c'est de plus en plus difficile de trouver des petits trésors. Heureusement qu'il y a encore des gens mal élevés. Ils font du tort aux éboueurs, mais ils me permettent de récupérer quelques bricoles, bricoles que je vends une misère à un pote qui fait les brocantes. Si je gagne dix euros par mois c'est le bout du monde. Mais, ça occupe.

C'est lors de ces virées que je trouve parfois des braves gens qui me demandent de garder leur maison. Le soir, ils partent au ciné ou en boîte et je passe la nuit devant leur pavillon. Les voisins sont au courant et n'appellent pas la police.

Il a fallu un an de mise à l'épreuve pour qu'ils se rendent compte que j'étais ni tordu ni agent double. Peu à peu, d'autres me demandent des petits services. J'ai mes quartiers que je garde secrets. Personne ne donne ses coins à champignons. Dans ces rues, je veux être aimé pour moi-même. C'est mon petit espace d'orgueil, de fierté, d'amour propre.

12 avril

De mon trottoir, j'aime bien voir les gens s'engueuler. Je suis au spectacle. Il ne faut pas grand-chose pour que ça pète. Une petite queue de poisson, un geste de colère, une tête qui se tourne, des lèvres qui miment une insulte, l'autre qui répond, la portière qui s'ouvre, et l'engueulade qui explose.

J'ai toujours admiré les gens qui étaient capables de se dire les pires insultes sans en arriver aux mains ; ceux-là sont des héros. Ce sont eux les vrais pacifistes, ils se pourrissent sans s'entretuer. Voilà les vrais êtres civilisés !

Au début, ça pétarade, deux coups secs, deux mentons mussoliniens en avant, et des yeux qui s'allument de fureur. Ensuite ce sont les corps qui s'avancent et qui s'arrêtent juste à bonne distance. Ils voudraient bien aller plus loin, mais on dirait que chacun a un fil à la patte qui le retient.

Alors, les jurons s'organisent et le texte prend forme ; on dirait que c'est écrit. Ils se couvrent d'insultes tout en essayant de ne pas perdre la face. Le premier qui bafouille perd la face et ce sont ses mains qui tentent de rattraper le coup. Comme bien souvent les insultes s'équilibrent, personne n'est humilié.

Et puis, à la fin, pareil à un robinet qui crachote ses dernières gouttes, les dernières obscénités tombent comme les derniers coups d'un orage qui s'éloigne. Alors, pas à pas, chacun recule vers sa portière et entre dans sa voiture. Les mains finissent de tourner dans les airs. Les moteurs pètent avec rage, et ce sont les pots d'échappement qui grognent leur dernière insulte.

Tout se déroule devant les passants du trottoir d'en face qui partent, les uns déçus qu'il n'y ait pas eu bagarre, les autres rassurés de ne pas avoir dû séparer ces braves types. Et moi, j'applaudis ces deux gars qui viennent de donner à nos gouvernants la formule secrète pour éviter de déclencher la troisième guerre mondiale.

15 avril

Le pire, c'est la pluie d'avril. Cette année est bizarre. On est au printemps et l'hiver refuse de laisser la place. Triste est la vie. Personne dehors, seule la nature me tient compagnie.

Ces jours-là, on se demande pourquoi on vit. Alors, on s'imagine qu'on est la sentinelle du monde. Tout le monde est chez soi et moi, je veille à ce qu'aucun méchant ne vienne troubler la tranquillité de mes braves gens. Ce jour-là, la terre entière est ma famille.

Ces jours de tristesse humide, je suis souvent assis sous un porche, dans un bar ou sur le parvis d'une église. Je veille. J'ai même pas envie de sortir mon ordinateur. Pas envie d'écrire.

Je me crispe et ça me réchauffe. J'attends un jour meilleur.

Et quand le soleil pointe son nez, que les gens sortent de nouveau en tendant leur main pour jouer avec les dernières gouttes, je suis rassuré. Il ne leur est rien arrivé. Moi, ils ne me voient pas. Ils oublient que j'ai veillé sur eux. Ingrats !

Fai du ben à Bertrand, e te le ren en cagant.

Les jours de pluie, je rejoins ma nouvelle cabane dans les bois et j'écoute les gouttes tomber des feuilles. Et, histoire de reprendre du moral, je me chante l'air de Bambi quand l'orage éclate, juste avant que sa mère ne meure. Ça me redonne un petit espoir. Dieu que le chœur des gouttelettes est joli !

22 avril

Hier soir, un violent orage m'a obligé à rester au bar. Bruno et Georgette ont fermé et m'ont proposé de rester manger avec eux.

Après dîner, on a regardé un peu la télé. Hormis la finale de la coupe du monde, ça faisait trois ou quatre ans que je ne l'avais pas regardée.

On est tombé sur une émission de variété où on invite des gens connus, un peu, beaucoup ou pas du tout. Le principe, c'est de causer et surtout de faire rire, ou bander, selon. Ça cause de n'importe quoi, et l'animateur s'échine à tout tourner à la rigolade, surtout quand ça devient trop sérieux.

Et là, surprise : je me suis aperçu que lorsqu'un invité entre sur le plateau, il est ovationné debout, comme un héros. Petit comédien inconnu, véritable inconnu, star, même tarif : tous se lèvent et braillent comme s'ils avaient vu Jésus. J'ai attendu de voir ce que le héros a fait d'intéressant pour mériter ça : en fait, rien ou presque.

Ce jour-là, parce que c'est enregistré à l'avance, on y avait invité un gars qui avait gagné au loto. Et ben, il a eu le même accueil. Même Brel ou Brassens n'ont jamais été reçus comme ça.

Je me suis dit que si un inconnu qui a réalisé l'exploit d'acheter un ticket de loto reçoit un tel accueil, quel accueil faudra-t-il réserver pour un artiste qui a transpiré pendant vingt ans avant de percer ?

Je ne comprends pas. Aujourd'hui, tu es complimenté du seul fait que tu existes. Pas besoin d'avoir réussi quelque chose. Un champion olympique est reçu aussi dignement qu'un brave couillon.

J'imagine qu'un jour, on m'invite : Voici, Jeannot la Cloche. Il traîne du côté d'Aubenas, il n'en branle pas une et quelque chose me dit qu'il vous emmerde tous ! Eh, ben, je suis persuadé que je serais ovationné debout, comme Brel en peignoir, le soir de ses adieux.

Ça fait peur. Comment veux-tu que les jeunes tiennent debout. Que tu réalises des merveilles ou que tu te tournes les pouces, tu auras la même récompense. Je ne sais pas si dans la vie, ils le sont, mais dans cette émission, les hommes sont vraiment égaux. Ça fout les chocottes.

Quand j'ai vu ce pauvre public faire cette gymnastique sur ces gradins, ça m'a rappelé l'église. Un coup debout, un coup assis. Manquait plus que la position à genoux et les bras en croix. Reste plus que cette position pour faire la différence entre l'accueil d'une star et celle d'un pauvre type. On y viendra, on y viendra !...

23 avril

Difficile de trouver de vrais amis, des amis de confiance. Un bon ami pour moi, c'est un gars avec qui j'aime me disputer. Mieux, ce qui fait la différence entre lui et des potes, c'est sa façon de ne pas être d'accord avec moi. Ces amis-là, c'est du caviar. Les autres, les faux amis, ont une façon mielleuse de partager mes idées. Ils partagent mes idées, soit, mais dans ce partage, ils prennent toujours la plus grosse part et ils me laissent les miettes. Pas d'accord !

Aujourd'hui, mes amis sont tous morts. Pardi, je les ai pris moribonds ; ça ne pouvait pas tourner autrement. Maintenant, les prochains, je leur ferai passer un check up et je me lierai que sur présentation du certificat médical. Sinon, c'est trop dur. Je connais le cimetière par cœur.

Il doit bien me rester cinq ou six ans à vivre. C'est pas grand-chose. Difficile de commencer quoi que ce soit. Même les amitiés. A quoi ça sert de s'amouracher avec quelqu'un que tu vas attrister dans quelques années. A moins d'élever un troupeau d'amis destinés à te conduire en terre, histoire de faire foule derrière le corbillard...

J'ai pas d'amis. Que des potes. Le pote, c'est un radiateur soufflant, un ami, une belle cheminée fermée avec du chêne vert rougeoyant à l'intérieur.

Putain, ça caille aujourd'hui. L'hiver ne s'en ira donc jamais ?

24 avril

Ulysse est un pote qui aurait pu être un ami si j'avais fait un effort. Mais, pour fonder une amitié, il faut une espérance de vie. Habituellement, on met quelques mois à se déclarer, un an à se tester, un autre à se disputer, et deux ans à lever les malentendus. Ensuite on peut mettre à l'eau le bateau : « les copains d'abord... ».

Et comme je ne me vois pas devenir vieux, mieux vaut ne pas trop investir dans ce domaine-là.

Ulysse est tout à la fois, noir, blanc, juif, musulman et un peu chrétien. Vu qu'il est métis, il est noir ou blanc selon l'humeur du moment. Idem pour la religion. Sa mère est juive et son père musulman, dans une France catholique. Son grand-père sénégalais et sa mère, de Tourcoing. Sans compter que depuis peu il m'a avoué être bisexuel. La totale. Tout ce méli-mélo lui donne beaucoup de liberté d'esprit. C'est le seul gars qui peut se moquer de toutes les races, de toutes les religions, de toutes les sexualités sans se faire traiter de raciste ou d'homophobe. Moi, qui ne suis que blanc et catholique, je dirais le dixième de ce qu'il dit, j'aurais déjà dix procès.

Aujourd'hui, on doit regarder dans tous les sens avant de dire du mal d'une autre couleur ou d'une autre religion. La société va mal. La tolérance c'est pas seulement d'accepter l'autre tel qu'il est, c'est surtout de pouvoir le pourrir pour le mal qu'il a fait, même s'il n'a pas la même couleur de peau que toi. Cette société se croit tolérante, elle n'est que peureuse ; elle n'a pas digéré la période de la collaboration.

Si je parle aujourd'hui d'Ulysse, c'est qu'il vient de me dire qu'il est séropositif. Il m'a avoué qu'il n'en avait plus que pour un an si les microbes voulaient bien le laisser tranquille.

Paraît qu'on ne meurt pas du sida, on meurt parce que le corps ne peut pas se défendre face au plus petit microbe. Mourir d'un rhume, c'est vrai que c'est ballot. Surtout quand tu avoues les raisons de ta mort à St Pierre. Et le voilà parti à plaisanter sur sa rencontre avec St Pierre : « Mort de rire, le Pierrot, il me dira : vous avez fait tous ces progrès pour en arriver là ? De mon temps, on avait la peste, ça ça avait de la gueule, la peste, on mourait pas d'un rhume. Tu vois Jeannot, mourir c'est déjà pas facile, mais passer pour un con aux yeux de St Pierre, ça c'est dur ! »

Je lui ai dit : « Tu es juif et musulman et tu me parles de St Pierre qui est chrétien. A quoi tu joues, Ulysse ? Ils passent devant qui les juifs et les musulmans une fois qu'ils sont canés ? »

Il m'a répondu : « C'est ça qui les dessert, les autres religions. Elles sont trop sérieuses. Chez les chrétiens, c'est comme un conte de fée ; t'as de ces bizarreries qui te donnent envie de croire. Les chrétiens ne se prennent pas au sérieux. Ils t'inventent une femme qui procrée sans s'être fait sauter, des portes du paradis, un purgatoire où tu dérouilles un certain temps avant de monter à l'étage supérieur, un gars qui se réincarne et qui monte au ciel comme un Soyouz, le même gamin qui naît dans une crèche à côté d'un âne et d'une vache qui lui postillonnent à la figure, un pauvre type à qui on demande de reconnaître le petit alors qu'il n'a même pas trempé son biscuit. Pire, on te le colle à la circulation, vu qu'il est le patron des conducteurs. L'islam avec son paradis aux dix mille vierges, c'est d'un triste ! Moi j'ai envie d'y rencontrer dix mille salopes, pas dix mille vierges ».

« Alors tu crois au plus offrant, en somme ? » Je lui dis.

« Voilà. Je crois au plus romanesque ! » il me répond.

Tout ça pour dire qu'on a parfois des discussions très philosophiques dans notre monde de paumés.

1er mai

Depuis que j'écris, les gens me prennent pour quelque chose, un peu comme un poète. S'ils savaient. Faut pas grand-chose pour être quelqu'un de bien. Un grand criminel qui écrit est déjà un peu moins salaud.

Quand j'écris, je cache, pareil à cette femme qui referme le haut de son chemisier. Parce que franchement, c'est loin d'être du Victor Hugo. Si ce grand bonhomme lisait mon journal, il se marrerait.

Qu'il se marre. On verra dans un an quand mon livre sortira, il fera moins le malin !

Quand je suis seul, parfois je plaisante avec moi. C'est de l'onanisme plaisancier. Je fais les questions et les réponses, comme quand j'étais petit et que je jouais aux dames tout seul en tournant autour de la table. Je gagnais toujours. Quand il n'y a personne pour vous dire que vous déconnez, il faut faire le travail soi-même.

3 mai

Le printemps arrive et j'ai une envie folle de partir sur les routes. La seule chose qui me retient c'est que je ne suis pas sûr de trouver un café qui accepte de mettre à ma disposition une prise de courant. Mon ordinateur a une autonomie d'une demi-heure, et encore. Et devoir négocier dans les cafés où je ne connais personne, c'est usant. Au moins, au Coq hardi, je suis connu, j'ai pas à m'expliquer.

Difficile de vagabonder quand on écrit sur machine. A moins de se greffer à une troupe de gens du voyage... Mais je ne suis pas certain qu'ils m'accepteraient...

On n'est pas de la même famille. Eux, ont une langue, des habitudes, des mœurs bien différentes des nôtres. Ils sont comme une nation qui se serait évaporée dans un endroit de la terre et qui serait retombée sous forme de pluie par ici.

C'est un autre monde. J'ai connu une mère qui, de loin avec sa voiture, a suivi son fils en classe verte. Avec beaucoup de réticence, elle s'était résolue à le confier à des *gadjé,* mot qu'on pourrait traduire par *enculés*, et comme elle redoutait que ces minables ne contaminent son fils avec leurs mœurs détestables, elle avait suivi la classe jusqu'à Lille. Elle dormait dans la voiture et, chaque jour, elle suivait de loin la petite troupe d'enfants, histoire de veiller sur son petit.

Le problème des romanos, c'est qu'ils ne restent pas longtemps à un endroit ; ils s'en vont assez vite. Et on leur met tout sur le dos. On aura beau faire la morale aux sédentaires, il y aura toujours de la méfiance.

Moi, quand un nouveau clodo vient s'installer dans les rues voisines, je me méfie et, comme les chiens, je mets un certain temps avant de l'approcher. Je mets encore plus longtemps avant de lui faire confiance.

On est tous pareils, on se méfie de ce qu'on ne connaît pas. Et le résultat, c'est que les romanichels méprisent les honnêtes gens qui le leur rendent bien.

C'est pas en traitant les honnêtes gens d'égoïstes et les romanos de voleurs de poule que ça arrangera les choses. Les deux ont tort de se méfier autant.

Et quand ça se bagarre, c'est comme dans les cours d'école, on ne sait plus qui a commencé.

J'ai une solution.

Si on interdisait aux industriels de rempailler les chaises, il y aurait du travail honnête pour les romanos. Ils n'auraient plus de concurrent. Ils pourraient vivre sans voler des poules. C'est pourtant pas compliqué !

Hector me dit que c'est pas libéral de fausser la concurrence et de créer un monopole de la chaise rempaillée réservé aux romanos. Je réponds que c'est possible mais qu'un jour ou l'autre il faudra bien réserver des métiers aux vagabonds sinon, autant les mettre tous en taule, parce qu'ils n'auront pas d'autre solution que de voler des poules.

Hector me dit que mon système est bon à condition que toutes les entreprises du monde entier se mettent d'accord pour s'interdire de rempailler les chaises. « Sinon, les chaises arriveront de l'étranger et les romanos se retrouveront le bec dans l'eau ».

Alors, je jette l'éponge. Parce que cette affaire commence à devenir un peu trop compliquée.

Et le voilà qui enfonce le clou. « Et pourquoi obliger les romanos à rempailler les chaises ?... et pourquoi les fils de romanos qui veulent être médecins, plombiers et éducateurs, ne pourraient pas le faire ? »

Je réponds que ça viendra petit à petit après que leurs parents auront réussi dans la chaise rempaillée. Ils feront comme les fils d'immigrés. Leurs parents en bavent pendant vingt ans, et les petits deviennent médecins à la deuxième génération. Ça marche. Il n'y a qu'à lire les noms de médecins à consonance étrangère inscrits sur les panneaux, à l'entrée des hôpitaux.

Et il remet une couche. Il me dit qu'il n'y aurait pas assez de chaises à rempailler pour le nombre de romanos.

Je lui ai dit qu'on pourrait leur réserver, en plus, le monopole du rémoulage.

Il a éclaté de rire. J'ai levé ma main et lui ai demandé s'il en voulait une. Après j'ai ri. Ça m'a fait mal aux tripes, de ce mal qui vient quand on a un fou rire. Et pourtant, j'ai ri normalement. C'est dire si c'était nouveau pour moi. Les muscles de mon ventre ne se souvenaient même plus comment ils devaient se contracter pour fabriquer le rire.

8 mai

Hier matin, un gars m'a traité de sale blanc, tout ça parce que je lui avais demandé une petite pièce.

Ça m'a vexé. Moi, j'ai été un peu plus correct, après qu'il m'a dit : sale blanc, je l'ai traité de gros connard.

Je ruminais encore ma colère lorsque je suis passé devant une plaque indiquant qu'à l'étage, il y avait le bureau de « Mission Tolérance ». Je me suis dit : tiens, je vais aller les voir pour qu'ils me conseillent.

Quand je leur ai raconté mon affaire, les deux permanents ont paru gênés ; ils m'ont dit qu'il « fallait comprendre », que ces gars-là avaient « beaucoup souffert par le passé », que leur racisme était un racisme de « légitime défense » ; bref, j'ai compris qu'il fallait que je m'écrase.

Après m'avoir dit à la manière d'une maîtresse d'école qu'il valait mieux dire maghrébin que arabe, ils m'ont demandé ce que je lui avais fait, à ce maghrébin.

« Rien ! » J'ai dit, surpris par la question.

« Mais, vous avez bien dû avoir un regard un peu... un peu... un geste déplacé ?...»

« Un regard un peu quoi ?...»

« Peut-être un peu méprisant, peut-être... »

« Non... et... pourquoi ? »

« Ce genre de regard se porte parfois sans qu'on s'en rende compte, vous savez !....»

J'ai finalement compris que c'était moi qui avais agressé l'autre connard. J'ai mis fin à mes explications parce que je sentais qu'on ne se comprenait pas bien. Ils ont conclu l'entretien en me disant qu'il fallait pas ajouter « de la tension sociale à la tension sociale », que c'était « contre productif » ce que je faisais, que je faisais ça « par principe », que si j'en rajoutais, ça donnerait envie à d'autres arabes de dire « sale blanc » et qu'on ne se sortirait pas « de ce cercle vicieux ».

J'ai insisté en parlant de la rage que je ruminais depuis une heure. Alors, ils m'ont conseillé de boire un coup et m'ont assuré qu'ils en parleraient entre eux en réunion. Ensuite, une main sur l'épaule, ils m'ont reconduit à la porte avec un sourire qui disait : « Bien le bonjour chez vous ! ».

Je me suis trouvé sur le trottoir un peu dépité… et très, très ruminant. J'avais appris que le gars qui m'avait pourri était en légitime défense et que dans mon regard, il y avait quelque chose de pas clair, comme du mépris.

Alors, une autre colère s'est mêlée à la première qui m'a fait péter durant un kilomètre. S'il n'y avait pas eu une petite brise, ce jour-là, j'aurais gazé tous les passants. Après avoir fait baisser la pression dans la cocotte, ça a commencé à tourner, dans mon ventre. Et quand ça tourne dans mes tripes, faut que ça sorte. Je peux supporter les coups, la faim, le froid, mais l'injustice, non.

Je suis allé voir Ulysse qui, lui, a une demi-gueule d'arabe. Comme j'ai déjà dû le dire, toute sa vie, il a été critiqué à la fois par les arabes et par les blancs. De plus, c'est un gars qui sait parler et bien tourner les phrases. Alors que moi, quand je suis en colère, je fais comme les chaînes de vélo, je déraille et deviens incompréhensible.

En parlant avec lui, j'ai eu une idée. Je lui ai dit d'aller à l'association se plaindre qu'un clodo blanc, l'a traité de sale arabe.

Il y est allé et a raconté sa petite histoire. Le gars de l'accueil lui a demandé le nom du raciste et il a tout de suite pigé qui j'étais, à savoir cet enfoiré qui était venu se plaindre d'être victime de racisme, deux heures auparavant.

Ulysse lui a même proposé de venir me chercher pour qu'on s'explique dans son bureau. Quand je suis arrivé, j'ai même pas eu le temps d'ouvrir la bouche.

« Tout à l'heure, vous m'aviez dit que vous n'aviez pas agressé le maghrébin qui vous avait traité de sale blanc et maintenant j'apprends que vous avez traité monsieur de sale arabe ! »

« Oui, je l'ai traité de sale arabe ! »

« Et pourquoi ? »

« Parce que c'est un sale arabe, j'ai pas de raison à donner ! »

« Vous savez que c'est passible d'un procès ! »

« Il m'a provoqué, il m'a lancé un regard méprisant, vous savez, de ces regards qu'on ne sait même pas qu'on les a en stock. Mon racisme, c'est un racisme de légitime défense ! »

Là, le gars s'est tu. Il a flairé l'embrouille. Alors, j'ai dit :

« Un blanc arrive, se plaint de racisme, et vous lui dites que c'est lui qui a mal regardé l'arabe ; un arabe arrive, vous le défendez sans poser de questions, qu'est-ce que c'est que ce bordel ? »

« Mais, c'est quoi ça ? » qu'il me dit.

« Une couillonnade. C'est pour démontrer que vous êtes un blanc raciste envers les blancs ! »

« C'est une provocation ! »

« Non, c'est la preuve que vous êtes à côté de la plaque ! »

Et là, sentant que j'allais dérailler de colère, Ulysse a pris la suite :

« Moi qui suis moitié basané et moitié blanc, je suis bien placé pour vous dire que les arabes sont aussi racistes que les blancs, les nègres et les jaunes. Si vous pardonnez toujours aux arabes, vous allez en faire des intouchables et ils vont se croire des victimes de naissance ! »

Le gars, un peu embarrassé, a répondu : « Vous comprenez, c'est souvent les blancs qui commencent à agresser les arabes ; nous on n'est pas des policiers, on s'occupe de grandes affaires de discrimination, pas des cas particuliers ! »

« Et toujours à charge vis-à-vis des blancs ! »

« Vous savez, faut pas qu'on nous confonde avec l'extrême droite ! »

« Qu'est-ce qu'on s'en fout de l'extrême droite, a répondu Ulysse. C'est aussi par votre attitude qu'il progresse, le Front national ; vous fabriquez des révoltés. Le jour où vous aurez condamné publiquement un noir, un juif ou un arabe pour racisme, vous verrez qu'on ne parlera pas d'extrême droite, on vous trouvera tout simplement justes et équitables ! »

Et, faisant référence à un texte écrit sous une affiche de l'association collée au mur, il a ajouté :

« C'est une connerie de dire qu'il faut être contre toutes les intolérances. Des intolérances, il y en a de bonnes. Qui peut accepter qu'une femme excise sa fille ou la marie de force ? Faudra changer votre catéchisme et supprimer de votre missel les slogans gnan gnan et crétins. »

En tout cas, ce petit test m'avait fait du bien. Une heure après, j'avais mes jambes de vingt ans et je ne pétais plus. Décidément, une colère bien menée, rajeunit les jambes et dégaze les tuyaux.

16 mai

Aujourd'hui, c'est le déluge, la tempête ; aujourd'hui, les jeunes diraient que c'est un tsunami médiatique.

Un aristo est soupçonné d'avoir abusé d'une Fantine. (Maintenant, tu sais qui est Fantine : 1492 pages, la découverte de l'Amérique, Les Misérables, je ne le répéterai plus). Un aristo en marche vers le pouvoir se fait arrêter et menotter comme le dernier des voleurs de mobylette.

Consternation dans un camp, joie contenue dans l'autre ; parce que l'aristo, apparemment, donne aussi dans la politique ; ça double l'intérêt du fait divers.

On vient d'avoir le tsunami, la catastrophe nucléaire au Japon, les révolutions en Afrique du nord, l'exécution de Ben Laden. Visiblement, tout ça, n'a pas trop ému le peuple.

Enfin, une vraie information qui vaut le coup qu'on se passionne ! Du pouvoir, de l'argent et quelques gouttes de sperme, et voilà que le mélange explose !

Peu importe que ce soit vrai ou pas, je sens que presque tout le monde a envie que ce soit vrai. C'est trop beau. Du porno, de l'argent, de la puissance et une pauvre fille, produisent un plus grand effet que dix mille morts au Japon.

Et on dit que le monde est sérieux !

Le plus drôle, dans cette histoire, c'est que personne ne sait ce qui s'est passé. Mais tout le monde a un avis. Moins on en sait, plus on a de choses à dire. Pardi, on rase gratis !

Quand la vérité sortira, t'auras l'air con, mais, alors, tout le monde aura oublié ce que tu as dit.

Robert me tanne pour savoir ce que j'en pense. Quand je lui ai dit : « Je sais pas, faut peut-être attendre ! » il m'a dit : « A d'autres, t'as sûrement un avis ! »

Alors, puisqu'il fallait avoir un avis, je me suis creusé la tête et j'ai quand même trouvé un avis. Je l'ai chopé comme on chope une mouche au vol. Je lui ai dit :

« Qu'il soit innocent ou coupable, il se fera avoir par les deux bouts. S'il est coupable, il en pâtira pour la raison qu'on devine et se retirera quelque part jusqu'à ce qu'on l'ait oublié ».

Seulement voilà, s'il est innocenté par le tribunal, malheur à lui ! Tout le monde pensera qu'il s'en sera sorti grâce à son fric et à ses relations. Ce sera encore plus désastreux. Il sera supposé coupable toute sa vie et une merde restera collée à ses basques. Il aura beau remuer sa godasse, elle sera toujours là. Injuste ! Je te le dis tout net, c'est injuste. Fait pas bon être riche quand on se bat contre Fantine, surtout quand t'es blanchi.

Je me mets dans sa peau. Quand il t'arrive une tuile pareille, tu te demandes toujours ce que tu as bien pu faire au bon Dieu pour mériter ça. Alors, tu te creuses la cervelle. Qu'est-ce que j'ai fait au bon Dieu ?…

Alors tu penses au jour où tu as menti, trahi, volé, trompé, bref à toutes les fautes que tu as commises, petit, ado, adulte. Tu fais l'inventaire. Tu choisis la pire de tes fautes d'antan et tu te dis que Dieu te punit pour cette faute-là, tu sais, cette faute, grosse pour toi et petite pour les autres, ce pied posé sur une pièce de monnaie qu'un petit ramoneur a laissé tomber. Cette faute que tu te pardonnes pas, cette faute qui te bouleverse la vie comme elle a bouleversé la vie de Jean Valjean.

Après, tu pars en courant derrière le petit ramoneur pour lui rendre sa pièce de monnaie. Tu l'appelles, tu l'appelles, et il est trop loin ; tu ne le reverras plus. Fini ! Tu ne peux plus te faire pardonner. T'as beau être innocent, ne pas avoir vu que t'avais mis le pied sur cette pièce, tu te sens malheureux d'avoir blessé cet enfant. L'innocence ça dure si peu de temps qu'il faut bien en profiter le temps qu'elle est là !

Par contre, si tu es coupable, à mon avis, c'est plus simple.

Après la honte et les yeux baissés devant les tiens qui te renvoient l'image de ton crime, bizarrement, te voilà soulagé, te voilà libre.

Comme tu as commis ce crime pour te libérer d'un destin que tu n'as pas voulu, tu es vraiment délesté d'un poids. T'as rompu avec tout, ta famille, tes amis, ta femme, tes parents, tellement cette faute est immonde. Tu es coupable et libre.

Et ça, c'est une sensation extraordinaire. C'est comme les grandes eaux de Versailles, une jouissance que tu crois éternelle. T'arrêtes plus d'exulter.

Et une fois que tu te trouves si libre, que tu as giclé de tous les côtés, tu t'effondres parce que tu t'aperçois bien vite que la liberté totale, c'est l'enfer.

Quand je suis parti, que j'ai laissé ma femme, j'ai recouvert ma honte avec ce que j'ai pu trouver, et je suis parti à l'aventure comme s'il ne s'était rien passé, pire comme si je n'étais jamais né. J'étais capable d'aller au bout du monde et de revenir sans avoir rien vu du bout de ce monde. A peine descendu du train qui m'avait déposé à Bali, je suis remonté dans le train d'en face pour la France. C'est bête, mais cette bêtise, je voulais me la payer.

C'est au retour de ce voyage inutile et ridicule que les choses se sont gâtées. Parce que n'importe où, c'est pas quelque part.

Je suis revenu ici, à Aubenas et j'ai posé mes paquets là où on ne me demanderait pas de comptes.

Me voilà encore à parler de moi. Je ne peux pas me fixer sur un sujet sans que je revienne à ma petite personne. Mais c'est que je comprends tellement ces pauvres types, innocents ou coupables qui se retrouvent dans la merde jusqu'au cou.

Et puis, il y a Fantine, celle que j'ai abandonnée, seule. J'espère qu'elle n'a pas été obligée de vendre son corps, ses dents et ses cheveux.

20 mai

J'ai un pote qui est passé sous un camion. Par miracle il s'en est sorti avec deux jambes cassées, deux bras en miettes, six dents et un pied en moins. Dix fois, il est passé sur le billard. Un an d'hosto et un de rodage dans une clinique de redressement. On lui a même trouvé en plus du demi-dentier, des tiges et des boulons, un pied de rechange. D'occasion, soit, mais un pied quand même. On lui a tout réparé. Je ne sais pas combien ça a coûté…

Et le voilà hier, en train de défiler dans une manif qui protestait contre l'exploitation du gaz de schiste.

Il avait fait une pancarte et comme il ne savait pas quoi écrire dessus, il a fait le tour de toutes les banderoles, de tous les slogans. Il a fini par écrire : « Ouais, je suis d'accord ! » Ça a fait rigoler tout le monde.

Il s'appelle Louis, comme l'autre, alors, après son passage au marbre, on l'a appelé Louis la Brocante, vu que sur lui, tout était d'occasion.

Louis était artisan. Après un divorce catastrophique, il est tombé dans la rue comme un canard frappé en plein vol. De cette chute, il a gardé l'allure d'un gars un peu sonné. Il vit comme moi, n'importe où. Le jour où il est passé sous le camion, il était rond comme une queue de pelle.

En le voyant porter ce panneau, en pensant à sa vie, j'ai vu la Cosette de Victor Hugo revenir de son dix-neuvième siècle, pour voir ce que sont devenus les misérables d'aujourd'hui. Je me suis vu lui expliquer ce qu'on a fait à Louis pour le remettre sur pied. Elle a eu du mal à comprendre.

Alors, je l'ai emmenée dans un hôpital, lui ai tout montré. Les appareils, les tubes, les écrans, tout, quoi. Elle entend parler de chirurgie, prothèse, convalescence, télé dans la chambre, CMU. Je la vois écarquiller de grands yeux. Elle ne comprend rien, la pauvre. Elle me prend pour un sorcier. Je lui dis que mon pote, dans le monde d'où elle vient, serait mort dans l'heure qui aurait suivi l'accident. C'est sûr qu'à l'époque, il serait passé sous une charrette, pas un quinze tonnes et il aurait eu moins de dégâts. Oui... bon, si Jean Valjean était passé juste à ce moment là pour soulever la charrette, peut-être bien qu'il n'aurait rien eu... à la rigueur... Mais tout de même...

J'imagine donc Cosette devant mon pote. Qu'est-ce qu'elle aurait pu en penser avec sa robe déchirée, ses deux seaux pleins d'eau et ces loups qui hurlent dans le lointain ?

Il y a de quoi devenir dingue, non ?

Louis était à la fois le gars le plus pauvre et le gars le plus riche. Le plus pauvre, parce qu'avec ce qu'il avait en poche, il avait juste de quoi ne pas mourir de faim, par contre, il avait sur lui en pièces détachées et en main d'œuvre, l'équivalent d'un petit studio à la montagne.

Heureusement qu'il y a une étanchéité entre les siècles ! Si on pouvait aller et venir par-delà les parois qui séparent les siècles, quel charivari ! De grâce, doux Jésus, ne permettez pas ça ! Les gars du dix-neuvième siècle se rueraient pour venir goûter à la misère du vingt et unième siècle. Les gars d'aujourd'hui, les repousseraient comme on repousserait une horde de Huns conduite par Attila. Ce serait la guerre civile *interséculaire*.

J'imagine, perdu dans cette cohue, accouru du dix-neuvième, Victor Hugo venir à moi. Comme il voit que j'ai une longue redingote, il imagine que je suis de son siècle. Il vient me demander des explications. Je lui dis que c'est moi qui ai déclenché ce bordel avec mes écritures. Il me dit :

« Eh, bien, je ne vous félicite pas, Monsieur, je viens de perdre tous mes personnages qui se sont éparpillés dans votre siècle, comment voulez-vous que je finisse les Misérables ? »

Je lui dis que je vais essayer de les faire repartir et que personne n'en saura rien, même lui. Je tapote comme un fou sur mon ordinateur et je ramène tout ce petit monde dans son siècle. Ça a fait Pschitt comme quand la Doloriane de Spielberg est revenue de son passé, et tout est revenu à sa place.

Je ferme mon ordinateur. Je glisse un papier entre l'écran et le clavier pour ne pas perdre la page, et je commande un ballon de rouge. Fier comme Artaban. Tout le monde ne peut pas se vanter d'avoir permis à Victor Hugo de terminer les Misérables.

27 mai

J'ai cherché toute la journée à Pont d'Ucel ce fameux père indigne, sans le trouver.

Le soir, Hector est revenu. Je lui ai demandé le nom de ce fameux papa. Il s'appelle Pedro.

« Et alors, tu l'as revu ton père indigne ? »

Mon intuition était la bonne. Il a sursauté et il a bafouillé un truc incompréhensible. On ne me la fait pas à moi. Alors, j'ai fait celui qui n'avait rien compris et j'ai continué. Au cours de la conversation, il est revenu sur Pedro.

« Vous croyez qu'il pense à son fils ? »

« Mais mon pauvre Hector, j'aimerais bien te dire qu'il y pense. Mais c'est si loin qu'il aura même oublié avoir oublié. »

« Pourtant un enfant, ça ne s'oublie pas comme ça ! » qu'il me dit.

« Et pourquoi pas ? »

« Parce que…

« Ecoute, Hector, il a mis une petite graine, c'est tout, et le petit, une fois né, s'est nourri d'autres voix, d'autres odeurs, d'autres caresses ; le fabricant de la petite graine n'est plus rien pour ce petit ! »

« Peut-être qu'autour de la graine il y avait un peu d'âme. »

« Bon, carte sur table, mon gars. Ce Pedro ne serait pas ton père, dis-moi franchement ? »

Et là, je l'ai vu se liquéfier. Il a baissé la tête et il a murmuré :

« C'est… peut-être… bien possible ! »

« Parce qu'il faut pas me prendre pour un con ; moi je suis clodo, mais je suis pas encore assez con pour ne pas comprendre. »

Là, il a souri, d'un sourire bizarre. On aurait dit un sourire où se nichait un peu de moquerie, comme s'il avait tout fait pour que je découvre le pot aux roses.

« Bon, j'ai compris, tu te demandes si tu dois te déclarer ou si tu dois te tirer. Et t'as peur qu'il se sauve comme un lapin ou qu'il te répudie. Tu sais pas quoi faire ! »

Il m'a répondu que c'était ça. Et il est parti parce qu'il avait un peu d'humidité dans les yeux. Il ne voulait sans doute pas pleurer devant moi.

30 mai

Je suis retourné à Pont d'Ucel chercher ce Pedro. Rien. Personne ne le connaissait. Sans doute un solitaire. Je les connais ces gars. Invisibles, insaisissables, les pires des asociaux. Il est bien mal tombé ce pauvre petit. Ce qui m'étonne c'est que ce bourru solitaire accepte de s'ouvrir à un étranger. Peut-être qu'inconsciemment, il sent qu'il est son père. Les âmes doivent se renifler. Parfois, un visage, une allure te donne l'impression d'être de la même famille, qui sait !

Aujourd'hui, je suis passé par le supermarché. Dès que je suis entré, j'ai vu les regards du personnel partir dans tous les sens. On aurait cru voir des balles siffler. Cette fois, le directeur n'est pas descendu et les baraqués m'ont tourné le dos. Par contre, les caissières étaient ravies. Elles chuchotaient entre elles et se passaient le mot. Moi, je marchais, triomphant. J'entendais même les trompettes d'Aïda. C'est pas tous les jours !

J'ai fait mes courses, trois bricoles et je suis passé à la caisse. La petite, rouge de confusion ne m'a jamais regardé mais elle souriait bizarrement. Avant de sortir, je me suis retourné vers les filles et leur ai fait un petit salut.

Je suis sûr que je pourrais voler tout le magasin sans risque. Maintenant, enfin, je peux être pleinement honnête.

C'est souvent la réputation qui fait la réussite d'une entreprise. Je m'en suis faite une. Qu'est-ce qui m'arrive ?

Je me sens quelqu'un. Dire qu'il aura fallu me montrer à poil pour avoir une bonne réputation !

Pardonne-moi cette minute d'autosatisfaction, c'est pour toutes les années pendant lesquelles je me suis gâté les intestins à me dire que j'étais une truffe !

3 juin

Mon éditeur m'a envoyé un CD pour me faire lire ses corrections.

C'était trop bien écrit. Bien sûr, il avait mis par-ci par-là des mots d'argot, mais ces mots étaient là comme des cheveux sur la soupe.

J'ai répondu que je ne signerai pas, qu'il pouvait tirer tous les droits qu'il voulait, que je lui donnais mes mots.

De toute façon j'ai tout en tête et ça, on ne peut pas me le voler. Il y a des gens qui ont des tas de billets, des bijoux, des bagnoles Tout ça peut leur être volé ou retiré.

Je viens de m'apercevoir que j'étais un grand propriétaire et que cette propriété ne pouvait pas m'être volée. Une propriété qui comme les queues de lézards repoussait chaque fois qu'on la coupait. Ça m'a rempli les poumons au point de les faire éclater. J'avais jamais pensé à ça, qu'on était si propriétaires que ça. Et dire qu'il y a des gens qui se morfondent parce qu'ils croient n'avoir rien !

Voilà ce qu'il faut dire aux gens ! La plus grande propriété privée, elle est dans la tête, l'autre est si dure à garder. Et celle qu'on a dans la tête, on ne peut pas la nationaliser. Aucune dictature quelle qu'elle soit n'a réussi à nationaliser cette propriété privée longtemps, ni en Allemagne ni en Russie, ni même en Chine.

Peut-être que le gars qui a dit qu'il fallait cultiver notre jardin voulait dire ça. Je ne sais plus qui c'est, en tout cas c'est bien dit. Je suis sûr que c'est Victor Hugo.

Hier, j'ai sorti cette idée de propriété inaliénable à mon pote Joël. Il a rigolé et m'a dit que j'étais trop candide.

6 juin

Dans notre monde, il n'y a pas beaucoup de femmes. Point de parité dans notre milieu. Faut croire que les hommes sont plus fragiles ou plus égoïstes, va savoir. Les femmes s'accrochent aux enfants qui les empêchent de chuter. Nous on les abandonne et on se tire.

Il m'est arrivé quelquefois d'être abordé par une fille qui était dans le besoin. Elle proposait ses services pour un coup de pif, quelques cigarettes ou une passe. Ça, je pouvais pas, j'avais l'impression de la poignarder. Je lui donnais ma bouteille pour rien. Elle me remerciait. Mais j'en ai rencontré une autre qui tenait absolument à me payer de sa personne. Elle voulait ne rien devoir aux hommes. Il y a encore des femmes d'honneur.

9 juin

Quand je m'installe dans un coin isolé, j'accroche mes clochettes. Comme on se fait parfois agresser la nuit, je déploie mon fil à deux ou trois mètres de ma couche et j'accroche mes clochettes. A un mètre de haut, pour que les chiens et les chats puissent passer dessous sans me réveiller. Dès qu'un humain de plus d'un mètre touche le fil, ça fait sonner les clochettes et je me réveille. J'ai mon couteau dans la main prêt à fondre sur mon adversaire comme une bête fauve.

C'est un peu exagéré. En vingt ans de cloche, avec mon couteau, j'ai dû percer deux ou trois gras de bides, au moins trois fesses et une épaule.

Maintenant, les gars sont au courant. Ils ne viennent plus. C'est pour ça qu'on m'appelle parfois Jeannot la cloche. Je préfère ça, parce que des Jeannot, il y en a des Kyriades. Voilà pourquoi je suis devenu noble. Jeannot la cloche. Les gars se moquent. Moi, ça me flatte. Je suis au-dessus de ces moqueries ; noblesse oblige.

Ça fait une semaine que j'ai pas vu Hector. Bizarre ; J'espère que je ne l'ai pas trop déçu. Il doit être en train de cuisiner son père.

15 juin

Enfin, Hector est de retour. Il m'a dit que Pedro ne veut plus le voir. Il ne comprend pas comment un père peut être aussi ingrat.

Je lui ai dit :

« Mais, autour de sa graine y'avait pas beaucoup d'âme ? »

« Sûrement ! »

« Je vais te dire. C'est pas vrai qu'il s'en fout. Il sait pas comment te parler, alors, il s'est cassé. Il doit être en train de chialer, va ! »

« Vous croyez qu'il reste du sentiment ?...»

« Pourquoi, t'as pas eu de père ; ta mère ne s'est pas remariée ! »

« Non, j'ai des oncles mais pas de beau-père. Mon père est toujours celui qui est parti en catimini un matin de décembre.

« Je vais te dire. Il y'a des choses impossibles. Quand il t'arrive quelque chose comme ça, je parle de Pedro, j'imagine, je dis bien j'imagine que quand on se tire comme ça, c'est pas par lâcheté. Oui, je sais c'est toujours ce qu'on dit ; lâcheté. Bon... c'est un peu de la lâcheté. Mais c'est surtout parce qu'on croit qu'on va exploser. Son petit est arrivé sûrement à un moment où sa peau ne pouvait pas se frotter à la sienne. Des fois, les filles sont plus rapides que nous, plus mûres. On marche pas à la même vitesse. Et comme les filles sont naïves, elles croient qu'on est sur la même marche. Eh ben, non ! »

« C'est parce qu'il ne m'aimait pas ; il m'a vu et il s'est dit que cette chose n'est rien pour lui, que du vide. »

« C'est après que peut venir l'amour. Mais parfois, c'est trop tard. On n'ose plus revenir, on a... enfin... Pedro a dû avoir honte. C'est dur de rentrer en rougissant. Faut faire face à tous les autres qui te prennent pour un enculé de première. Et ta femme, qui te dit que ta femme va te reprendre ? Parce que... avec une pareille tromperie, va reprendre un mec. Enfin, j'imagine, j'imagine parce que, peut-être que ton Pedro est un con irrécupérable et qu'il n'y avait pas eu d'âme autour de sa graine. Mais enfin, t'es grand maintenant. T'as plus besoin d'un père ! »

« Oui, j'ai plus besoin, c'est vrai. J'ai appris à tenir debout sans. J'ai l'équilibre d'un acrobate qui tient sur un seul pied. Mais je préférerais être posé sur mes deux jambes, et par terre ; c'est moins fatigant. »

« A ce point là ? Mon pauvre, t'es pas sorti de l'auberge ! Dis-moi, ton Pedro, c'est un fantôme, parce que j'en ai jamais entendu parler. »

« Oh, il vadrouille ! »

« En tout cas il vadrouille bien. J'aimerais le connaître. Je pourrais peut-être lui parler, qui sait, discrètement, sans en avoir l'air !... »

« Il est parti dans sa famille dans le nord. A un enterrement. »

« Mais, sa famille, c'est un peu la tienne, non ? »

« Non, pas celle-là. Il a eu une deuxième femme... »

« Ah, il t'a quand même dit ça. Je croyais qu'il ne voulait pas se livrer. »

« Je l'ai appris par sa copine. »

Et il est parti.

Ce gars est vraiment bizarre. Il part comme s'il avait eu une envie de pisser. Et s'il me racontait des conneries ? A quoi ça lui servirait ?

Bon, j'essaie une dernière fois de trouver ce Pedro, après je laisse tomber. Je veux bien aider, mais il y a des limites.

Aujourd'hui, je viens de voir une voiture immatriculée 68. Mon pays : l'Alsace. Elle était garée pas loin de ma rue. Je l'ai vue partir ; ça m'a fait quelque chose. Ça doit être l'histoire de ce petit con. Je deviens particulièrement sensible. Si je les remarque aujourd'hui, c'est que quelque chose s'est rouvert.

La petite croûte qui avait fermé mon passé s'est ouverte, et ça saigne.

18 juin

Une petite alerte cardiaque. C'est mon rappel du 18 juin. Y'a quec'chose qui cloche, là d'dans, comme dirait Boris Vian. Je dis cardiaque parce que je ne sais pas ce que c'est. Un étourdissement. Ça peut être tout et n'importe quoi. Courage, fuyons. Disons que c'est bénin.

Cet appel arrive juste quand je réalise que j'ai une grande exploitation à cultiver : Ma caboche.

Ma vie bringuebale. A soixante quatre balais, on n'a pourtant pas l'âge d'exploiter tant de terres en jachère. Mieux vaut finir en roue libre que de s'occuper de tout remettre en culture.

Partir sur les routes comme *Sans famille*.

Je ne peux pas faire ça à mon stagiaire. Pour une fois que je me sens utile. J'ai charge d'âme.

Je reporte mon voyage à l'été prochain. Hector aura eu son examen ; il n'aura plus l'occasion de revenir me voir.

En attendant, je vais faire les poubelles. Ça me fera bouger. Je me baisse pour voir si j'ai un autre étourdissement. Bingo, ma tête tourne. C'est ma balance intérieure qui est déréglée, mes cristaux, pas mon cœur. J'aime mieux ça.

Une idée : je vais vendre des ballons. Je les achète dégonflés ; je les gonfle et je les vends avec une petite ficelle autour de leur nombril. Je les gonfle gratis avec l'air de mes poumons, et je fais un petit bénéfils. Ça mettra un peu de beurre dans les épinards et de la couleur dans ma vie.

23 juin

Quand mon stagiaire m'a vu avec mes ballons, il s'est décomposé. Je lui ai demandé ce qu'il avait. Il a avalé sa salive et il m'a dit : « Rien »

J'ai insisté ; il a répété : « Rien », d'un air gêné. J'ai encore insisté. Alors il a levé des yeux humides.

« Ça me rappelle un S.D.F qui habitait près de chez nous. Je me souviens qu'il vendait aussi des ballons de toutes les couleurs. Ils étaient si beaux que je m'étais imaginé que c'était mon père. Quand ma mère m'a dit que non, j'ai pleuré toute la journée. J'avais trois ans. »

« Je vois, je lui ai dit. Je t'ai rappelé ce gars. Dis-moi, ton Pedro, où il crèche, allez ?...»

« Je le vois plus ; il doit être parti... ou mort ! »

« Ah, pas de blague, pourquoi tu as des pensées si noires ? »

« J'ai dû le faire fuir ! »

« C'était peut-être ton père ; il a dû sentir ton odeur et reconnaître un parfum de famille. »

« Vous, si ça vous arrivait, vous vous sauveriez pas !...»

« Sûrement pas ! »

« Et qu'est-ce que vous feriez à ce garçon ? » qu'il me dit.

« Je lui mettrais une beigne, histoire de poser le décor. Ensuite, je l'embrasserai sur le front histoire de le consoler un peu. »

« Et pourquoi une beigne ? »

« Pour toutes celles qu'il a méritées et qu'il n'a pas eues. »

« C'est quand même un peu fort ; vous !...»

« Je plaisante, bien sûr. Tu crois tout ce qu'on dit ! »

« C'est sérieux ! »

Là, j'ai rien dit. Je voulais plaisanter ; fallait pas.

« Je peux vous dire une chose à propos de vos ballons. »

« Vas-y ! »

« Je suppose que vous voulez les vendre. »

« Evidemment ! »

« Je sais pas où vous les avez eus, mais ils cocotent vos ballons, si vous voulez les vendre, à mon avis... »

« Dis, tu cherches les beignes. Je vends pas de la camelote, moi. Mes ballons ne cocotent pas, c'est moi qui cocotte. D'ailleurs tu me fais penser que je dois aller prendre ma douche ! »

Voilà comment s'est terminée cette journée un peu mélancolique.

Dommage qu'il ait vingt trois ans, ce couillon. A trois ans près j'aurais pu croire que c'était mon fils. Pas de bol. Mais pour être mon fils, il aurait fallu que ma femme soit enceinte. En fait, j'en sais même rien. Je suis parti comme un voleur.

28 juin

Les deux gars si sympathiques m'ont provoqué. Ils m'ont regardé et ont soutenu mon regard comme s'ils avaient voulu que je baisse les yeux. Ils sont en train de délimiter leur territoire. Les chiens lèvent la patte, les caïds te font baisser le regard. Mes potes sont d'accord, il y a du nouveau dans le quartier. Jusqu'ici, ils faisaient profil bas, maintenant qu'ils ont jaugé la ville, ils montent à l'assaut.

J'en ai parlé à mon flic. Il attend qu'ils aient fait une connerie pour intervenir. Surtout, ne pas oublier de mettre les clochettes. Ou changer de repaire pour la nuit, ou fuir dans ma résidence secondaire, en forêt.

Il y a une heure, je les ai croisés. De nouveau ils ont cherché mon regard pour que je le baisse. Je suis passé sans les regarder comme si je croisais trois merdes. Aujourd'hui, ça va, mais un jour, faudra bien faire face. Ces gars-là tuent avec plaisir. Ils savent que pour prendre un quartier, faut tailler dans la barbaque. J'en mène pas large, j'ai plus vingt ans. Le cent mètres à fond la caisse, qui sait si je le terminerais. J'ai bien mon olivier, mais devant des lames de vingt-cinq centimètres de long, tu peux rien.

Une heure plus tard

Il y'a quelques minutes, ils sont rentrés au bar et se sont approchés de moi.

« Alors l'écrivain, qu'est-ce que tu écris ? »

J'ai voulu faire le gentil.

« Des histoires. »

« Quelles histoires ? »

« La vie de gars comme moi, qui vivent dans la rue. »

« T'arrêtes ! »

« Quoi ? »

« Tu arrêtes d'écrire. »

« Et pourquoi ? »

« Parce qu'on te le dit. »

« Personne ne me dit ce que je dois faire. »

« Tu sais à qui tu parles ? »

« A trois petites merdes ! »

J'étais coincé, je pouvais plus reculer. Il fallait que je les provoque à fond ou que je m'écrase.

« Tu sais ce que tu risques ? »

« Oui, d'aller me faire chier à votre enterrement. »

Un des gars a regardé le patron qui avait déjà sa main sous le comptoir. Les gars ont compris qu'il valait mieux s'écraser.

« Toi, t'es mort ! »

« Donc plus besoin de me tuer. Allez, au plaisir de ne plus vous revoir ! »

Ils ont regardé de nouveau le patron. Une voiture de la police s'est garée devant le bar. Là, ils sont devenus tout mignons. J'en ai profité.

« Dehors, et que je vous voie plus dans les parages ! »

Les gars étaient rouges comme des tisons. Si j'avais voulu me suicider, j'aurais pas agi autrement.

Quand je suis sorti du bar, ils m'ont suivi, sans doute pour repérer l'endroit où je dors. Quand ils ont vu où je couchais, derrière la superette, entre les poubelles, près d'un container de cartons, Ils sont partis.

Ce soir, si je ne fais rien, je suis mort.

Pourquoi t'as fait ça, tu veux mourir Jeannot ? De toute façon, avec des gars pareils, si tu t'écrases tu risques autant que si tu te rebelles. Tu mets juste plus de temps à crever. Peut-être que mon journal s'arrêtera là. Mon ordinateur, je veux qu'il revienne à mon stagiaire. Tu penses déjà à ton testament, tête brûlée ?

Il y a quatre mois, jamais j'aurais fait ça. Je suis vraiment taré.

1^{er}juillet

Voilà c'est fait. Les trois petites frappes ont quitté la région. J'ai utilisé les grands moyens. C'est pour ça que j'ai rien écrit depuis quatre jours. Trop concentré, trop angoissé. Ça pouvait finir en massacre, mais je crois qu'ils tenaient à la vie. Ils n'ont pas bougé, pas d'un poil. Sinon, ils étaient morts et moi, peut-être en taule. Voilà l'affaire.

Au-dessus de ma planque, il y a un auvent. J'y ai installé trois seaux que j'ai posés sur une planche, elle-même posée sur un petit rondin. J'ai relié les seaux à une ficelle que j'ai fait passer en hauteur jusqu'à la cachette montée à la va vite, à dix mètres de mon réduit. Il suffisait de tirer sur la ficelle pour que la planche bascule et fasse tomber les trois seaux. Le liquide répandu, sur le petit auvent pentu ne pouvait que tomber devant l'entrée de mon réduit. Si tu comprends pas, fais un effort ! Les seaux basculent sur un toit et arrosent les trois gars, t'as pigé ?

J'ai fini de bricoler mon installation, l'ai testée et, à dix heures du soir, je me suis posté derrière un tas de cartons, avec vue sur l'entrée de mon réduit où j'ai mon matelas.

A deux heures du matin, les trois gars se sont pointés en haut du parking. Ils ont regardé autour d'eux. Personne. Alors, ils sont descendus vers le supermarché. Ils ont fait le tour du bâtiment et se sont dirigés vers le container à cartons.

J'avais arrangé les poubelles de telle sorte qu'ils ne puissent passer que par une petite ouverture. Ils ont attendu deux ou trois minutes en silence pour écouter si je bougeais. Comme ils n'ont rien entendu, ils se sont approchés de la petite entrée, juste sous le bord du auvent. Ils ont allumés leur lampe de poche pour voir si j'étais là. C'est à ce moment-là que j'ai basculé les seaux. Ils ont reculé de quelques pas, mais la pente était assez forte pour que l'essence tombe sur eux. J'étais déjà derrière eux. Je leur ai crié de ne pas bouger. Ils se sont retournés. J'ai allumé un briquet, et là ils ont fait un arrêt sur image. Ils m'ont dit : Non, pas ça !

Moi, j'ai dit que ce soir je les laissais en vie et que s'ils ne quittaient pas la ville, la prochaine fois ils la quitteraient façon méchoui. J'ai fait un signe de tête, comme Gabin, dans ses plus mauvais jours, et ils ont déguerpi.

Ces cons-là m'ont obligé à déménager. Parce que dormir sur une paillasse imbibée d'essence, vraiment, c'est très désagréable.

3 juillet

Mon flic m'a assuré qu'ils étaient partis. Depuis, je me méfie. On ne sait jamais. En tout cas je me suis fait enguirlander par le directeur de la superette, pas le connard de l'hyper-marché, un autre. Je lui ai expliqué que c'étaient trois voleurs. Il m'a viré. Normal. Ma réputation va en prendre un coup. Honnête, mais un peu zinzin.

De toute façon, face à des ordures pareilles, il n'y a pas de solution. Ils auraient fait du grabuge un jour ou l'autre.

Mon flic me considère d'un autre œil depuis cette affaire. Bien sûr, il n'a rien dit à ses supérieurs de peur de se faire taper sur les doigts. Travailler avec un gars aussi irresponsable que moi, c'est risqué.

Hector m'a retrouvé. Je suis aujourd'hui dans un petit bois entre Aubenas et le pont qui passe sur l'Ardèche, sous le château, au-dessus du tunnel de Baza. Je vis sur un arbre situé sur un terrain qui descend vers la route qui mène à Vals-les-Bains. J'y ai fait une petite cabane à six mètres de hauteur. Une fois arrivé en haut, je remonte mon échelle de corde et je suis tranquille ; pour ne pas tomber, je me suis fait une sorte de cage. Les nuits agitées, on ne sait jamais…

A part Hector, personne ne sait que je crèche là.

Hormis ce tremblement qui ne me quitte pas, je vais mieux depuis deux mois. Je ne sais pas ce qui m'arrive. J'ai repris du poil de la bête. Mon ordinateur, Hector, ma victoire contre ces couillons ? Finalement, je ne suis pas si nul que j'en ai l'air.

Mon stagiaire a fait son mémoire. Il a réussi son année. J'ai cru qu'il allait disparaître. Non. Il revient de temps en temps. Il me parle de son père qui s'est tiré. Moi, je le rassure. Je lui dis qu'il ne le méritait pas, Pedro. Il me parle de la vie, de sa vie, des filles. Il s'est entiché d'une petite Alsacienne qu'il va voir de temps en temps. Je ne sais pas quoi lui dire. Avec ma vie en ruine, je suis le plus mal placé pour le conseiller. Il a l'air accroché. Il veut me la présenter.

Je l'aime bien. J'aurais aimé avoir un fils comme lui. Je le lui ai dit. Il a éclaté en sanglots. Il a dû se dire que la vie n'est pas juste. Un père retrouvé qui s'est tiré... et moi, qui lui sort cette connerie. Je suis en dessous de tout.

10 juillet

Je me suis trompé. Mes trois caïds sont revenus en ville et se sont renseignés sur mon compte. Apparemment, ils n'ont pas aimé la blague que je leur ai faite. Ça sent mauvais, pire que l'odeur de l'essence. J'ai bien fait de migrer dans mes feuillages. Comme à la préhistoire, je me suis mis sur un promontoire, pour éviter de me faire attaquer par des tigres. J'en suis là.

A trois cents mètres de moi, j'ai le vingt et unième siècle et moi, sur mon arbre, je suis à cinq mille ans d'ici.

Je reste très peu en ville, juste pour les courses et un peu de louche. Le jour, je risque rien.

Pour le moment, ils ne sont pas encore venus dans le bar. La prochaine confrontation sera décisive.

Mon éditeur me demande si je suis prêt à répondre à une interview. Mon « look » serait vendeur. C'est sûr qu'avec mes yeux en vrac et ma gueule de rescapé des camps, je corresponds à ce que les gens attendent d'un livre sur la rue.

Je lui ai dit que si je viens, ce sera en smoking. Le smoking ou rien.

Apparemment, pour vendre un livre, il ne suffit pas de faire paraître un tas de feuilles de papier. Aujourd'hui, l'auteur doit mouiller sa chemise et aller se vendre. Surtout s'il est un brave inconnu. L'éditeur compte sur mon apparence pour faire couleur locale. Et pourquoi pas m'amputer des deux jambes pour faire encore plus pitoyable !

Je ne peux pas défendre une chose salopée par des mains plus pures que les miennes. Je ne serai pas convaincant ; je refuse d'aller chez Drucker.

13 juillet

Hector m'a rejoint au bar du « Coq hardi ». Ça y est, il me parle de lui, de sa fiancée. Au passage il m'a quand même demandé comment j'avais fait avec ma première fille. Je lui ai dit que j'ai commencé les choses sérieuses autour de mes trente sept ans, et qu'avant, je butinais comme tous les jeunes qui se croient immortels.

Il s'est intéressé à ma première « sérieuse ». J'ai eu du mal. Ma parole, ce garçon a vingt-six ans et il n'a pas plus d'expérience qu'un jeune homme de dix-sept ans. Qu'est-ce qu'il a fait jusqu'ici ?

« Des études » qu'il m'a dit : « J'ai lu, beaucoup lu. Au fond de mon lit. »

Va falloir que je le secoue, ce garçon. Vingt-six ans, quand même !

Les trois zigs m'ont localisé. Hector était présent. Ils sont rentrés dans le bar. Ils se sont approchés. Je les ai pas laissés entamer la conversation.

« Je croyais vous avoir dit de quitter la ville ! »

« Toi, t'es mort ! »

« Tu te répètes. A partir de maintenant, faites vous greffer des yeux derrière la tête. Pas de quartier ! »

Ils ont essayé d'ouvrir la bouche et je les ai coupés en criant de se tirer. J'ai sorti mon gourdin et l'ai brandi. Ils ont reculé. Le plus petit m'a montré un index pointé vers le plafond qui voulait dire : Toi !…. Et ils sont sortis.

Je me suis tourné vers Hector et je lui ai dit : « Il va falloir que je les tue. »

Il s'est affolé : « Non, surtout pas. Vous n'allez pas finir en prison ! »

Je lui ai dit de me tutoyer, que ce vous me gênait. Il a eu du mal mais enfin il y est arrivé. On est un peu de la même famille, même si c'est pour de faux.

En fait je n'en mène pas large. J'avais pas d'autre solution que d'attaquer. Ce sont des tueurs, sans aucun doute. La plupart des autres petits malfrats ne seraient jamais revenus. C'est moi qui vais devoir me faire greffer des yeux derrière la tête. C'est un flingue que j'aurais dû sortir de ma poche pas ce bout d'olivier. Avec ma matraque, j'avais l'air un peu con.

Ou je les tue, ou ils me tuent. Quoiqu'il en soit, ça fera quatre morts de plus sur terre.

Hector m'a demandé pourquoi j'envoyais toujours mes textes à l'éditeur puisque je ne pensais pas signer son livre.

Je lui ai répondu que mon éditeur est un prétexte. « Ce que j'envoie à l'éditeur, c'est la flotte, et ce que j'écris dans mon journal, c'est la barque qui va au fil de l'eau. Tu comprends ? »

« Un peu. Tu es quand même bizarre ! »

Souvent, il me raccompagne vers mon arbre. Prudemment. Une fois, on les a vus au loin. Quand ils ont vu qu'on les avait repérés, ils se sont éclipsés. En tout cas, ils savent que je passe par là.

On a changé d'itinéraire. On a fait un grand détour. Mais au bout de quelques jours, ils ont compris le truc.

J'en ai parlé à mon flic. Il m'a répété qu'ils n'avaient pas encore fait de connerie et qu'il n'y avait pas de raison de les arrêter.

Hector m'a conseillé de changer de ville. Il me propose d'aller près de chez lui.

Alors, je me suis intéressé à lui, à sa famille, sa mère, ses amis. Il m'a fait un tel pastis que j'ai rien compris.

J'ai pas envie d'aller en Alsace ; c'est de là que je viens, là que se trouve ma femme. Je craindrais de tomber nez à nez avec elle. Je lui ai demandé s'il avait une maison là-bas. Il m'a dit oui, que sa mère était morte, il y a un an d'un cancer et qu'il est seul.

Il m'a fait encore une de ces bouillabaisses. A mon avis, il y a quelque chose de pas clair chez ce garçon. Il me ment. Mais j'aime bien son côté maladroit. Il est toujours sur la défensive, comme s'il n'osait pas tout dire. On en fera quand même quelque chose...

Quoique. Il me prend trop de temps. Lui, plus le temps que je perds à semer mes trois lascars, je ne sais plus où donner de la tête. Et j'ai de moins en moins de temps pour travailler. Pour la nourriture, ça va, mais c'est pour les faux frais...

J'étais si tranquille. Il a fallu qu'un éditeur à la con me contacte pour que tout parte en vrille. On ne devrait pas mettre un doigt dans la société. Tu mets un doigt, et elle te prend le bras.

Pourquoi j'ai bougé de ma place ? Avec ma louche tendue devant moi, j'étais peinard. Et ce couillon de stagiaire, pourquoi il est venu juste vers moi et pas vers mon voisin ?

23 juillet

Les oiseaux commencent à se rassurer. Ils viennent se poser sur les branches en me regardant de côté. Ils me testent. Ami, ou ennemi ? Au moindre mouvement de ma part, ils se sauvent. Dans quelques jours, on sera copains. Il y en a déjà un qui a chié sur moi en décollant. Cadeau de bienvenue.

Bon Dieu que c'est vivant une forêt, la nuit. Qu'est-ce que ça jacasse, qu'est-ce que ça grogne ! Ça gueule, ça couine, ça pète, ça crisse, ça braille comme des dormeurs qui parlent dans leurs rêves. Et moi, je me joins au concert. Quand j'ai un cauchemar, je crie n'importe quoi. Je réveille tout le monde et c'est reparti, tout ce petit monde croit que la journée commence.

Il faudra que je me plie à leur code.

3 août

Aujourd'hui, les trois crapules se sont rapprochées. Ils me suivent à cinquante mètres. Ils ont du mal à trouver ma cachette, alors ils restreignent le cercle. A trois, ils font un relais et se positionnent aux trois coins de la ville. Un jour ou l'autre, ils me trouveront. Jamais, ils ne m'agresseront en ville ; trop risqué. Ils veulent faire leur affaire en toute sécurité. Autre problème, ils connaissent Hector. Lui aussi risque.

Il faut que je prépare un autre coup. Leur refaire le coup de la douche ? Trop délicat. S'ils rôtissent, on va savoir que c'est moi. J'en ai trop parlé. Il faut trouver autre chose.

Hector sent que je suis inquiet. Je l'ai prévenu du risque qu'on courait. Je pensais qu'il allait s'affoler. Au contraire, il a eu l'air content, en tout cas intéressé. Il m'a demandé ce qu'il pouvait faire pour moi. Je lui ai expliqué que c'étaient des tueurs. Il a fait une moue qui voulait dire : Et alors ? Je le trouvais timoré, réservé, timide, je le savais pas aussi inconscient que moi.

Avant de partir, il m'a parlé de sa fiancée. Elle l'attend en Alsace. Je lui ai demandé ce qu'il attend pour aller la rejoindre. Il m'a dit qu'il avait encore une affaire à régler ici.

« Tu as fait ton mémoire, qu'est-ce que tu veux de plus ? »

Il ne m'a pas répondu. Je lui ai conseillé d'être prudent quand il rentrait chez lui. Il risque moins que moi. Ils n'ont aucune raison de l'embêter. A la rigueur, ils peuvent s'en servir pour me retrouver…

C'est un comble, il a l'air de s'inquiéter pour moi.

Toute la nuit, j'ai réfléchi. Ce gars-là ne me lâchera pas tant que j'aurai pas résolu cette histoire. Une seule solution, faire le coup avec lui. Et l'envoyer en Alsace s'occuper de sa belle.

8 août

Ça y est, un des trois larrons s'est fait serrer pour tentative de viol juste au moment où passait une voiture de police. Ses deux autres copains qui attendaient leur tour ont filé et lui s'est pris les pieds dans le sac de la fille. Ils l'ont serré au moment où il se relevait.

Ce con a un nom de clown, il s'appelle Pipo. Restent deux lascars en liberté. Ces deux-là, je vais les assaisonner. Je ne sais pas encore comment. J'ai bien une idée, mais il faut tant de conditions pour que ça marche…

Bruno, le patron du bistrot est devenu un pote. Il n'arrête pas de me renseigner sur les collègues de Pipo. Sur mes conseils, il a fait ami ami avec eux et il les envoie sur de fausses pistes. Je lui indique des fausses planques et moi je m'arrange pour laisser des traces de mon passage, histoire de ne pas le discréditer en tant qu'indic. Il a autant intérêt que nous à voir partir ces gars-là.

Aujourd'hui, des lycéens, ceux du cours de philo, sont passés me voir. On a bien ri. C'est fou ce que ça se passe bien avec les enfants des autres. On rate souvent les siens et on réussi ceux des autres. Ils cherchent des conseils. Je suis bien mal à l'aise. Quand on a été en dessous de tout, comment conseiller sereinement. Comment y croire ? Je ne suis pas légitime.

Et pourtant, je les fais rigoler. Ils s'imprègnent de quelque chose. De quoi ? S'ils connaissaient mon passé, ils fuiraient bien vite.

La vie, c'est comme le cinéma. On peut rater un film et réussir le suivant. Moi, j'ai raté mon premier film. Je me suis retrouvé dans la rue. Quelque chose me dit que j'en tourne un second. Trop de choses ont changé en quelques mois. Ma vie tourne. Moteur !

15 août

Voilà qu'ils nous suivent en quatre-quatre. Ils m'ont repéré. Pas compliqué. Il suffisait de planquer près du bar où je vais écrire. Mon plan est prêt. Je l'ai préparé avec mon Hector. Ça lui fera un cours pratique. C'est risqué de l'emmener avec moi mais tant pis, il faut qu'il se dérouille ce petit. A vingt six ans, on est assez grand. Fini de le protéger comme un môme. On a tout transporté dans un caddy à roulettes et ensuite sur le dos comme des ânes. La préparation a demandé un certain temps, c'était pas facile. Comme il avait plu, Hector est revenu les pantalons noirs de boue, moi j'avais mes bottes.

Le débroussaillage a pris deux jours. C'est le petit qui a tout fait. Le plus dur, c'était de bien ouvrir le chemin et de le finir en cul de sac pour que leur voiture s'arrête juste là où je veux qu'elle s'arrête. Et de là, part le chemin qu'ils seront obligés de prendre à pied. Pour ce qui est des bouteilles, on a mis un certain temps pour les caler. Ensuite, il a fallu tout cacher.

Il ne reste plus qu'à appâter. J'ai été touché que le petit me propose d'être l'asticot. J'ai refusé, l'asticot, ce sera moi. Sûr qu'avec ses vingt six ans et sa carrure, il peut se sauver vite et loin.

Le plus dur sera de faire venir leur voiture à l'emplacement qui lui est réservé. Ensuite, en principe, ils doivent sortir et me poursuivre. Pour qu'ils me poursuivent, il faut qu'ils me voient. Ensuite, je dois m'enfuir dans le petit bois et les attirer où je veux. Ça en fait des si, peut-être trop ! Et si tout va mal, branle bas de combat, on a prévu une issue de secours.

22 août

Voilà une semaine que j'ai pas de nouvelles de mes deux lascars. Hector vient souvent au bar. Il me parle du livre qu'il prépare. Sur les clodos, évidemment. Moi j'écoute. Je ne comprends pas grand-chose à ses termes techniques. Je lui ai demandé ce que veut dire la « désaffiliation ». J'ai rien compris. Lui, ne se décourage pas, il m'explique en utilisant mes mots. On n'a vraiment pas le même langage. C'est là que je réalise le retard que j'ai pris. On ne peut pas tout dire avec un vocabulaire minimum. On est comme un sculpteur qui a un burin à bout carré. Le résultat est grossier, on devine à peine la forme. C'est comme jouer au piano avec des moufles. Lui, il est le Larousse en dix volumes, moi, le Larousse débutant, c'est dire le poids de mots qui nous sépare.

Il commence à se dérouiller. Avec sa fiancée, ça a l'air de coller.

J'ai cru comprendre qu'ils ont passé leur première nuit ensemble. C'est pas trop tôt !

Il persiste à croire que je peux l'aider. La foi sauve. Je bredouille deux ou trois conneries qui ont l'air intelligent et lui te transforme tout ça en quelque chose de comestible et il avale. Il s'enrichit. Il s'enrichit de ce que j'ai pas.

Malgré ses vingt six ans, il a encore quelque chose d'un enfant.

Il m'a demandé ce que je pouvais bien écrire. J'ai répondu que c'était une sorte de mémoire, la mémoire de ce qui m'arrivait depuis que cet ordinateur m'est tombé du ciel. Il a ri. Il m'a montré quelques trucs pour faciliter les corrections, la mise en page, l'orthographe automatique et d'autres petites astuces bien pratiques. Je le soupçonne d'avoir lu quelques lignes. Alors, j'ai fait une page de *i* et je lui ai demandé de faire ses démonstrations uniquement sur cette page. J'ai ma pudeur.

Les potes, me demandent ce que je fais avec ce garçon. Je leur réponds que je le forme. A quoi ? A la vie ! je leur ai répondu. Ils se sont foutus de moi.

24 août

Mon gars est venu tailler une bavette. Encore une fois, il a abordé la question de la fiancée. Il m'a raconté qu'elle aime ce qu'il fait, qu'elle partage ses passions. Moi, qui ai vécu ça avant, bien avant que je rencontre ma femme, j'ai cru bon le prévenir. Je me suis souvenu de ma toute première fille.

« Fais attention, je lui ai dit. Au début, la fille trouve ça toujours super que tu fasses de la moto et de l'aéromodélisme. Six mois après, elle commencera à te dire que tu sors trop souvent et un an après que tu commences à la gonfler avec tes vroum vroum ».

Au début, elle te ferre avec des compliments et une fois que t'es pris à l'hameçon, commence le harcèlement : « Encore un meeting ? Tu préfères pas aller te baigner au lac, voir ma sœur, promener à la roseraie, faire des courses, et patati et patata ? » Un an et demi après : « Tu sais, j'ai entendu dire qu'un couple s'est tué en moto, en glissant sur une flaque d'huile », ou bien : « Ton copain qui a un aigle dans le dos et une grosse bite tatouée sur son bras, il est pas un peu lourdingue ? »

Comme le pêcheur, une fois que t'es pris, elle mouline. Si tu râles, elle lâche un peu de fil et puis elle mouline de nouveau. Croque dans l'hameçon et tire-toi avant de perdre vingt ans de ta vie ! »

« Mais, enfin, je ne vais quand même pas me mettre avec une femme qui déteste ce que je fais! » qu'il me dit.

« Si. Parce que ça veut dire qu'elle est honnête et que c'est pas le genre à faire des simagrées. Et si elle déteste ce que tu fais, profite, tu auras des moments de libre, vous ne serez pas toujours ensemble ; vous pourrez tenir quelques années, sans trop vous disputer. »

« C'est une drôle de conception de la vie. Virginie aime ce que je fais. On s'est rencontrés sur un terrain où on faisait voler nos avions. On s'est télescopés, elle m'a détruit mon Messerschmitt et son biplan a fini en monoplan. »

« Et alors ? »

« C'est une rencontre, ça prouve qu'on était faits pour se rencontrer ! »

« Ça prouve seulement que vous êtes aussi maladroits l'un que l'autre, pas plus ! »

Il a rigolé. Et puis on a continué à parler des filles. Moi, j'ai fait le rabat-joie, j'ai essayé de lui montrer qu'il faisait fausse route, mais, je devais pas trop croire à ce que je disais. Au contraire, il a pris ça pour un encouragement.

Il avait raison. D'après ce qu'il me disait, les deux mignons avaient une chance de faire quelque chose dans la vie. A vue de nez, ils avaient l'air d'être amoureux.

Qu'est-ce qui me prend de faire le donneur de leçon. Je suis bien mal placé pour ça ? Dire que j'ai raté ça. Qui sait si j'aurais pu être aussi libre avec mon enfant. C'est plus facile avec ceux des autres. La vie est bizarre. Quand je vois ses yeux rieurs qui se baissent de plaisir, je m'aperçois que donner c'est aussi agréable que de recevoir.

25 août

La grande crise, c'est mon obsession. Tout le monde se moque de moi quand je répète cette histoire.

J'imagine une grande crise, pas celle qu'on vit, une vraie, une bonne, une fatale. Je me demande comment tous ces gens qui ne savent plus comment vivre sans électricité, vont pouvoir s'en sortir en cas de coupure, de manque d'argent, de pénurie. Tout marche à l'électricité et à l'essence. Si tout implose, ils vont devenir aussi faibles et démunis que des nourrissons sans leur maman. Dans leur immeuble, sans cheminée, ils ne pourront plus se chauffer. Sans jardin, plus de patates. Ils vont s'entretuer, c'est sûr !

Moi, une coupure d'électricité ne me gêne pas. Vraiment, je suis inquiet. Plus on consomme plus on fait du mal à la terre, mais s'arrêter de consommer, c'est plus de chômeurs. Ou bien la course en avant, et le drame, ou le ralentissement, et un autre drame. Un vrai merdier.

Quand un politique dit à ses électeurs de ralentir cette course folle, ils lui font un bras d'honneur et il n'est pas réélu. Ils n'accepteront de se coucher que devant les éléments en furie, un tsunami, un tremblement de terre, quelque chose contre quoi on ne pourra rien. Mais dire oui, à un penseur ou un politique qui leur dit qu'ils se gavent trop, non ; ils sont bien trop orgueilleux.

Je les entends d'ici : « Puisque les autres ne ralentissent pas, moi j'aurais l'air con de ralentir. Alors, que les autres commencent, et on verra ! ». Bref, ça n'en finira jamais.

On leur dit qu'il ne faut pas prendre la voiture pour faire cinq cents mètres, ils ont toujours une bonne raison de la prendre. Les autres sont tous des cons de la prendre, pas eux. Voilà les hommes !

Moi, j'attends, et le jour où ça arrivera, je ferai le SAMU social. Je les consolerai, je leur expliquerai comment vivre avec rien. Bien sûr, qu'il y aura des morts, mais ce sera peut-être le prix à payer pour ne pas avoir voulu comprendre à temps. Qu'il fallait poser son sac et réfléchir.

Avant de me retrouver dans la rue, j'ai été comme eux. Et si je ne roule pas en bagnole, c'est pas pour protéger la terre, c'est parce que je ne peux pas m'en payer une. Moi aussi, dans les embouteillages, j'ai râlé contre ces cons qui étaient devant moi. C'est depuis que je suis dans la rue que j'ai peur.

Quand je dis ça à Hector, il me dit que j'exagère, qu'on n'est pas sûr que ça pétera, que les jeunes générations trouveront une solution, puisque la mienne avait trouvé la sienne.

Il a confiance en l'avenir. Je suis peut-être un vieux con, tout simplement.

A son âge, je me souviens que je trouvais les vieux timorés, rabat-joie. Ils avaient peur de tout et prévoyaient le pire. Ils disaient que ma vie serait pire que la leur. Et ben non, elle a été meilleure. Si elle est devenue à peine pire, c'est que je suis dans la rue ; et si je n'avais pas merdé, je serais un brave bourgeois repus bien plus riche que mes parents ou mes grands-parents, et je sortirais des supermarchés avec bobonne et deux caddies pleins à ras bord sans un regard pour ce connard qui me tend sa louche à la con.

2 septembre

On a choisi l'emplacement pour coincer mes deux lascars. Un petit vallon très escarpé. Je vais tenter un dernier essai pour les dissuader de rester dans le coin. Les tuer serait facile. Je ne veux pas donner le mauvais exemple à Hector. J'ai ma réputation : Honnête, zinzin, soit, mais tueur, ça fait désordre.

Mon gars veut toujours me ramener dans son pays. C'est pas une bonne idée. Je vais être sans cesse sur le qui-vive. J'aurais trop peur de rencontrer une connaissance.

Hier, j'ai dit à mon gars : « Et si un jour je tombe sur ma femme ? »

« Mais, elle ne te reconnaîtra pas, et... elle est peut-être morte ! »

« Comment ça, à cinquante cinq ans ? »

Là, il n'a pas répondu. Il devait penser à sa mère.

Il m'a dit que je pourrais venir m'y chauffer quand j'aurais trop froid.

Il me tente ce petit con.

4 septembre

J'ai invité mon gars au restaurant. Il me restait quelques sous à dépenser, va pour un resto ; je vais me délester chez Bruno, c'est moins cher. Après tout cette rencontre reste la plus belle chose qui me soit arrivée depuis longtemps.

Nouvelle petite alerte, tout à l'heure. Il va falloir que je me surveille parce que depuis quelques mois, il m'arrive de drôles de choses. J'ai des tics. Il m'arrive de remuer les mains comme si j'étais en pleine conversation avec quelqu'un. Il y a une semaine, je me suis surpris à parler seul dans la rue. Si j'avais pas été clodo, j'aurais été mort de honte. Un clodo, c'est supposé boire, alors, les grandes discussions en pleine rue... Les gens ont dû me prendre pour un alcoolo. L'honneur est sauf.

Bref, il faudra que je me surveille avec le petit.

Donc, serrer ses petits poings et faire bonne figure devant mon invité. Il m'accorde sa confiance, c'est pas le moment de le décevoir.

Dire que jeune, je me foutais de la gueule des vieux qui parlaient seul dans le métro, voilà qu'il m'arrive de faire comme eux. Mauvais présage !

On dirait que mes dialogues intérieurs s'entendent à l'extérieur. C'est comme si le bouton « sourdine » de ma chaîne hi-fi ne fonctionnait plus. Combien d'efforts faut-il donc faire pour avoir l'air normal. Dire que lorsque j'étais jeune, j'avais l'air normal sans effort. Ça venait tout seul. Pas un tic, pas de geste inconsidéré. Aujourd'hui, je consomme la moitié de mon énergie rien que pour essayer de ne pas paraître dément.

Je te dirai demain si j'ai réussi à me comporter comme un homme normal.

5 *septembre*

Bonne soirée. J'ai tenu. J'ai pas fait une seule gaffe. Pas un tic, je me suis comporté comme un gentleman. Presque. A la fin du repas, il a bien vu que j'en étais pas un. Ça m'a échappé, j'ai enlevé avec mes doigts un bout de viande coincé entre deux chicots. Mais c'est la seule petite gaffe de la soirée. C'était presque tout le beefsteak qui s'était coincé entre mes dents, c'est dire l'état de ma dentition.

Je suis d'autant plus désolé que c'est un garçon très bien élevé. Il n'a pas bu un seul verre de vin. Quand je lui ai demandé pourquoi il ne buvait pas de vin, il m'a laissé entendre qu'il n'avait pas osé se servir, il attendait que je le serve. Et pan dans la gueule ! Ce couillon ne s'est pas servi parce que je l'avais pas servi. Et la bouteille est restée pleine vu que j'y ai plus droit. Je suis en dessous de tout.

Mais quelle éducation ce petit !

Ça se voit à la façon de manger. La position des mains, la serviette, la façon de se nettoyer les lèvres. Et à la fin, il a croisé les couverts dans son assiette pour bien montrer à la Georgette qu'il avait fini et qu'elle pouvait venir débarrasser.

Et le fin du fin, ça, je l'avais vu que dans les films, en fin de repas, Georgette est venue s'asseoir à notre table pour échanger quelques mots. Quand elle s'est levée pour partir, ce con-là s'est levé. Là, je suis resté comme deux ronds de flans. Chapeau l'artiste ! Alors je me suis levé aussi sauf que moi, j'avais l'air con, et lui d'un gentleman.

Il a dû avoir une mère du style de mon ex-femme. Comme chieuse, celle-là ! Sûr que parfois, ça donne des bons résultats. Je salue bien bas sa mère.

Pour le reste, la discussion est restée au niveau de l'interrogatoire. Après avoir essayé de me duper et avoir tenté de savoir le quoi du comment et du pourquoi de ma vie, il a parlé de lui. Je lui ai fait comprendre que je trouvais que c'était un gars bien, qu'il saurait rendre heureuse une femme, ce que j'avais pas su faire. Pour le coup, j'ai poussé un peu plus loin. J'ai dit pourquoi ça n'allait pas avec ma femme. Pas de danger qu'il la connaisse un jour. Et puis si ça peut l'aider dans sa future vie de mari...

Ce soir, il y a un spectacle gratuit dans une salle du château d'Aubenas. Un ténor de Lyon chante Luis Mariano. J'ai invité mon gars. Je m'attendais à ce qu'il rigole. Non. Il a accepté avec plaisir, comme un môme qu'on emmène pour la première fois au cirque.

8 septembre

Mon éditeur m'a dit qu'il ne fallait pas que j'insulte le lecteur parce que ça fait du mal au bouche à oreille. Tout ça parce que j'avais écrit à la fin d'un chapitre : « Et toi qui dois être au moins aussi con que moi, et bla bla bla et bla bla bla... »

Je lui ai répondu par courriel qu'il n'y a aucune raison que le lecteur soit moins con que moi, parce que l'homme naît et demeure égaux en droit comme à l'envers.

Moi, je pense que le lecteur en a vu d'autres dans sa vie et qu'il lui est déjà arrivé de penser des choses bien plus horribles ou bien plus osées que ce qu'écrivent les écrivains. Le livre c'est une chose intime. Tu peux tout entendre de l'écrivain parce que personne ne saura que tu l'as entendu. Et surtout personne ne saura ce que tu en as pensé. La lecture, c'est comme l'isoloir où tu peux voter même porno si tu veux. Personne n'en saura rien.

Je lui ai dit aussi qu'un lecteur c'est pas une chochotte, une gonzesse, d'ailleurs les moins gonzesses c'est souvent les femmes qui parfois ont plus de couille que les hommes. Et que si le lecteur n'est pas capable de supporter de se faire traiter de con c'est qu'il n'a pas l'envergure pour lire des horreurs. C'est comme les pompiers, si tu as peur du sang, tu fais brodeuse dans un boudoir.

Cela dit. Faut pas abuser des bonnes choses. Le lecteur, tu le traites une seule fois de ce que tu veux. Après tu t'abstiens. Une fois suffit ; il est vacciné. Les lecteurs, ça se bouscule un peu. Y'a tant d'écrivains qui se sont essuyés les pieds dessus qu'il faut parfois les secouer comme des paillassons.

Voilà ce que j'ai dit à mon éditeur. De toutes façons il a tout pouvoir, je lui ai laissé carte blanche vu que je signerai pas. Mais avec un caractère aussi péteux, il se peut qu'il publie un livre au goût de serpillière mal rincée.

10 *septembre*

Mes deux lascars sont à l'hôpital, j'espère qu'ils auront compris. On a eu beaucoup de chance, parce qu'ils sont arrivés en haut de la butte presque ensemble. Et quand Hector a tiré le fil de pêche pour leur faire un croche-pied, ils ont basculé presque ensemble de l'autre côté. C'est là qu'ils ont dévalé sur le ventre.

Une horreur. Des cris à vous faire dresser les cheveux sur la tête. Il faut dire qu'on avait mis la dose. Deux cents tessons de bouteille placés, les pics en haut. Ils ont été labourés du visage jusqu'aux pieds. Je me demande encore comment ils ont survécu. Nous, on a vite détallé. On allait quand même pas les cajoler !

Le plus dur a été de les guider jusqu'au petit vallon où on avait planté les tessons. C'est Hector qui s'est laissé filer jusqu'à mon repaire. Il s'est engouffré dans un petit chemin qu'on avait débroussaillé il y a quelques jours et puis il s'est éclipsé sur la gauche en évitant de descendre vers le vallon en forme de râpe à fromage. Quand je les ai vus arriver, j'ai fait mine d'être surpris. Ils m'ont vu, et ils ont démarré. Et là, Hector a tiré sur le fil de pêche, et badaboum.

Les chirurgiens ont dû être surpris. Va leur expliquer cette affaire !

Avant de partir deux jours pour l'Alsace, Hector est allé à l'hôpital. Il a demandé de leurs nouvelles. Ils étaient en réanimation. Il n'a pas insisté. On est tranquille pour un bout de temps.

Le même jour à neuf heures du soir, au bar.

Bruno vient de me dire que mon gars vient de téléphoner. A Metz, il s'est fait arrêter pour souffler dans le ballon, et il ne trouve plus ses papiers ; il pense les avoir perdus « là où je sais ».

Je demande une lampe de poche, et je fonce au talus pour trouver ces papiers ; c'est certainement là qu'il les a perdus. Faudrait pas que la police les trouve avant moi.

11 septembre

Coup de chance. J'ai bien trouvé son portefeuille dans un fourré. J'ai pas pu m'empêcher de fouiller. Il n'a pas vingt six ans, il en a bientôt vingt quatre.

De ma table je vois une voiture de flic s'arrêter. C'est mon flic.

J'arrête d'écrire, je te raconterai après.

Quelques minutes plus tard

Il est venu me prévenir que Pipo avait profité de l'enterrement de son père pour filer.

Carambolage, dans ma tête.

Filer dans mon arbre et me regrouper. Mon gars revient en principe dans deux jours. Je ne sais pas encore ce que je vais faire. Suivre son conseil, partir en Alsace ? Lui aussi risque. Ses deux complices ont dû lui dire qu'on était deux. Faire fissa.

Demain, la veille de son retour.

13 septembre

Quand j'ai ouvert son porte feuille, j'ai pas pu m'empêcher de fouiller. Pourquoi ? Un petit rêve de rien du tout. Et quand j'ai vu qu'il avait vingt trois ans, mon cœur s'est mis à battre. J'ai ouvert sa carte d'identité et là, j'ai vu.

C'est à la lecture de son état civil que je me suis aperçu que j'avais un petit espoir qui trottait dans ma tête. Sa mère n'est pas ma femme. Je redeviens n'importe qui. Accroché à un fils, j'aurais pu être quelqu'un ; même pas.

Je vais lui conseiller de vite retourner en Alsace où je le rejoindrai une fois les pistes brouillées. C'est drôle. Depuis que je sais que je ne suis pas son père, je me sens plus libre de le rejoindre. Je crois que si j'avais été son père, je me serais toujours demandé si je faisais ça par devoir ou pour le mal que mon absence aurait causé, à lui et à sa mère. J'irai, parce que je le veux, parce qu'il me plaît.

J'arrête ce journal. Plus le temps d'écrire tant les événements se bousculent. Le temps se précipite. Faut être tranquille pour écrire.

Ils vont se mettre en ménage, faut pas que je sois trop loin d'eux. Et quand je verrai que ma tête ne fonctionnera plus, quand je sentirai que je deviendrai un fardeau pour eux, je m'en irai tranquillement. Mourir ne me fait plus peur. Je sais comment tuer, c'est vrai, mais je sais aussi comment mourir proprement.

Dans quelques jours en principe, on se voit. J'ai averti Bruno que je vais me cacher. Le petit saura où me trouver.

Adieu donc, lecteur imaginaire. Tu ne connaîtras pas la suite des événements. Ce journal m'aura servi de ligne d'horizon.

Maintenant, j'en ai une autre, que j'espère pas trop proche. Je saute d'un avenir à un autre.

Dans ma vie, j'ai toujours tout jeté, effacé les traces de mon passage. Avant de partir, ma clé USB finira dans une décharge, comme mon ordinateur.

Jean Tirelli

5 septembre 2012

Hier, un policier est venu, chez nous. A présent, je sais tout. Je peux terminer ce journal.

Jeannot la cloche est mort. Il est mort d'une hémorragie cérébrale. Il voulait encore tenir six ans, il a tenu presque un an, juste assez longtemps pour voir naître Théo.

Après avoir brouillé les pistes, il est venu nous rejoindre en Alsace. La veille de mon départ d'Aubenas, il est arrivé au bar, en furie parce qu'on lui avait volé sa clef USB. Il n'a jamais su que c'était moi qui l'avais subtilisée. Voilà pourquoi ce journal n'a pas disparu dans une décharge. Je me suis contenté de corriger les grosses fautes, de passer à la ligne, de mettre des italiques et de laisser les fautes rigolotes comme la physique cantique et les Kyriades.

Quand, à mon arrivée à l'association « Vagabondages », le responsable m'a dit au détour d'une conversation qu'un clodo d'Aubenas venait d'Alsace, j'ai eu un espoir. J'ai dû travailler dur pour trouver son identité. Même dans son journal, méfiance oblige, il avait donné un faux nom, Krantz. Quand plusieurs mois plus tard, j'ai retrouvé son vrai nom, mon corps a frémi. Je crois que durant ces mois d'attente, j'avais pour ainsi dire déjà accouché d'un morceau de père. Mon espoir, mon désir que ce fût lui avait creusé en moi une béance d'où, à mon insu, était né en même temps un bout de fils, emprisonné dans mon cœur depuis ma plus tendre enfance. C'est une chose étrange que ce sentiment. Quand j'ai su qu'il m'était totalement étranger, après un bref moment de déception, je me suis senti soulagé. Et tout est devenu plus léger, plus simple.

Depuis son arrivée en Alsace, il s'est occupé de nous autant que sa santé lui a permis de le faire. Il avait beau prétendre trembler un peu, même oublier, je sentais bien qu'il s'efforçait de minimiser la gravité de ses troubles. Quand je le regardais partir sur la route qui mène à la gare, je voyais bien qu'il avait des petites pertes d'équilibre. Sournoisement, l'alcool avait grignoté son cerveau.

Il n'a jamais voulu habiter avec nous. « Quand on est jeune marié, on a envie de s'envoyer en l'air partout et à tout moment, c'est pas le moment d'avoir un vieux dans les pattes ! »

Voilà son commentaire.

Dès son arrivée en Alsace, il avait posé ses fesses et tendu sa louche à Strasbourg. Il venait presque toutes les fins de semaine, ou quand je l'appelais. Quand il était avec nous, il se faisait petit, il logeait dans une petite chambre de l'étage et n'en bougeait pas beaucoup. Il avait toujours l'impression de déranger. Par contre, il sortait souvent prendre l'air.

Mais en cas d'urgence, il était toujours là. Un jour, il est même arrivé en taxi. Lui qui ne faisait jamais d'économies, avait constitué un petit magot qu'il avait caché au creux d'un arbre dont il m'avait indiqué l'emplacement en cas de mort subite. J'y ai trouvé trois cent cinquante cinq euros et dix centimes. Mon *héritage*.

Question hygiène, il était devenu impeccable. Plus de bottes, des dessous propres ; il se brossait souvent les dents, du moins les rares qui lui restaient. C'était un peu tard, mais tout de même.

Il ne connaissait rien aux enfants et aux femmes enceintes. Il s'était montré très inquiet pour Virginie, sous estimant ses capacités à mener une vie normale. Pour peu, il lui aurait conseillé de rester couchée pendant neuf mois. On en riait souvent.

Pour la naissance du petit, il était venu en costume à la maternité. En arrivant, tant il était pressé, il s'est pris la porte en verre transparent en pleine figure. Il est arrivé en saignant du nez. Quand il nous a expliqué, on a éclaté de rire autant pour le nez que pour le costume. Avec ou sans costume, il restait le clodo que j'ai toujours connu.

Et le soir de son arrivée à la maison avec le petit, il a tenu à préparer le repas. Il nous a fait du riz sans sauce qui nous a collé aux dents durant une semaine.

Il a gardé Théo une dizaine de fois. Quand il l'avait sur ses genoux, il se sentait bête et ne savait qu'en faire. Il nous regardait, semblant dire : « C'est quand que c'est fini ! ». Et il nous le rendait très vite. Rarement, il lui donnait le biberon.

Toutefois, quand Virginie était occupée, il cédait. Mais quand il donnait le biberon, il semblait si embarrassé qu'il se mettait à parler comme une pipelette ; à chacune de ses phrases, il retirait le biberon de la bouche du petit qui tendait désespérément les lèvres vers cette chose qui lui échappait. Et quand ses propos devenaient passionnés, de sa main aussi vive qu'un oiseau tentant de s'échapper de sa cage, il faisait tourner le biberon dans tous les sens si bien que Théo suivait avec des yeux affolés cette chose qui tournoyait autour de sa tête et qui ne voulait jamais entrer dans sa bouche.

Il avait tenu à faire le jardin. Son obsession, la grande crise. Il nous a sorti cent kilos de pommes de terre, et des dizaines de salades. Pour l'arrosage, il récupérait l'eau du toit. « C'est autant d'économisé sur la facture d'eau ! »

« Et surtout, surtout, mettez de côté... Pas trop d'emprunts... Et si vous pouvez, des photopiles sur le toit. Avec l'insert... Moi, j'irai faire le bois »

Hélas, il n'a pu faire qu'une récolte, il est parti avant la grande crise. Il n'a pas pu expliquer aux réfugiés comment ils pouvaient vivre en se passant de presque tout.

La crise, c'était son obsession, sa marotte. Il l'attendait de pied ferme. Je me demandais s'il redoutait ou s'il espérait sa venue. A mon âge, quand on a un bébé qui ouvre des yeux grands comme une fenêtre ouverte sur un ciel bleu, on ne pense pas à la grande crise, on pense qu'on s'en sortira.

Parfois, quand au supermarché, je passe devant une babiole qui me plaît, je pense à lui. Et je me demande si je ne serais pas en train de devenir moi aussi un peu Bidochon.

Son plaisir : astiquer et réparer nos avions. A chaque sortie, il était là, près de l'établi. Il était préposé au plein. « Faudra pas que je confonde l'essence et le lait ! » disait-il parfois. Il n'a jamais confondu.

Pourtant, jour après jour, il déclinait. Un jour, à Strasbourg, au détour d'une rue, je l'ai vu au loin marcher à grands pas, gesticulant dans tous les sens. Il engueulait la terre entière. Je me suis caché. Il aurait eu trop honte de se montrer ainsi.

A Strasbourg, il se laissait aller, chez nous jamais. A la maison, quand il sortait faire un tour, j'imaginais qu'il allait se reposer des efforts qu'il faisait pour paraître normal. Je m'attendais à ce qu'il parte proprement comme il l'avait écrit dans son journal, ses veines ont éclaté avant. Il n'a pas souffert puisqu'il est tombé immédiatement dans le coma. C'est moi qui ai dit au médecin de tout arrêter.

Voilà ce qu'il fut. Présent mais si maladroit, si gauche. Tout petit, j'enviais les copains qui disaient : « Mon papa, c'est le plus fort ! ». Je souhaitais tant pouvoir la prononcer moi aussi un jour, cette phrase. Je n'ai jamais pu m'entendre la dire.

Quand j'ai dit au policier que Jeannot la cloche était mort, il a fermé son calepin avec ces mots : « Bien, on clôt l'enquête ».

J'ai voulu en savoir plus. C'est la dernière surprise que m'aura laissé celui que j'avais adopté comme père. Si je suis encore en vie, qui sait si ce n'est pas grâce à lui ? Il ne m'a pas fait, mais il m'a permis de poursuivre ma vie. Sans doute y a-t-il des pères qui naissent vingt trois ans après la naissance de leur fils.

Il y a un mois, on a voulu élargir la route qui mène au tunnel de Baza, à Aubenas. Pendant ces travaux, la ville en a profité pour nettoyer le versant qui longe cette route. Une équipe spécialisée est montée en rappel le long de l'abrupt et a commencé à gratter le talus. Les ouvriers sont montés si haut qu'ils ont découvert, sur un petit terre-plein, un arbre sur lequel il y avait une cabane. C'était la sienne.

Mais voilà, ils ont trouvé autre chose. Près de son arbre à cabane, se trouvait un jeune olivier. Un des ouvriers a voulu s'agripper au petit tronc pour grimper plus haut. Il a tiré si fort qu'il a déraciné l'arbuste. En se relevant, il a aperçu, entre les racines, une chaussure. Le problème, c'était que sous cette chaussure, il y avait un pied puis une jambe et tout le reste.

Dès que j'ai entendu le mot chaussure, j'ai aussitôt pensé au reste, et surtout à Pipo. Jeannot s'était débrouillé pour le coincer et lui régler son compte.

J'ai dit au policier que je n'étais au courant de rien. Il n'a pas insisté. Il a regardé l'avis de décès et il m'a expliqué le reste.

A soixante quatre ans, planté sur ses jambes fines comme des allumettes, mon *père* avait monté une autre « usine à gaz » pour coincer Pipo. Au fond du trou, sous le cadavre, ils ont trouvé une bouteille de gaz vide, une corde et une poulie et sur l'arbre, une barre de fer, sans doute le poteau du panneau de signalisation qu'il avait retiré des bords de l'Ardèche. Vu l'état du crâne, de la clavicule et des vertèbres de Pipo, ils ont supposé que la bouteille lui était tombée dessus, et d'assez haut.

Mon *père* a eu peur de se battre à la loyale compte tenu de son âge. Il a réglé l'affaire à sa manière.

Après m'avoir conté cette histoire, le policier est parti en disant : « Il nous a débarrassé d'une sacrée ordure ! »

« Vous veniez pour l'arrêter ? » ai-je demandé.

« Obligé, mais, on n'aurait pas beaucoup forcé. On est venus vous voir, histoire de faire notre boulot. On sait que Jeannot n'est pas un truand. S'il nous avait échappé, on n'aurait pas montré beaucoup de zèle, mais tôt ou tard, on l'aurait serré ! ».

Voilà l'épilogue de cette histoire.

Parfois, je me repasse un film, je me plais à l'imaginer dans sa cachette, la corde à la main. Je le vois la lâcher alors que Pipo pose sans bruit un pied sur le premier barreau de l'échelle qui monte à la cabane. Il faut quand même être un peu tordu pour imaginer ça. Zinzin. Il avait trouvé le mot. Il était un peu zinzin.

Quand je fais le bilan de mon aventure et de cette quête de père, quand je fais le compte de ce que cet homme m'a appris, et surtout de ce que je n'ai pas reçu de mon père biologique durant bientôt vingt quatre ans, il me reste quand même un petit solde. Ce sont quelques mots, des mots de gosse, un élan du cœur, juste assez fort pour m'aider à décoller. Et même si je le dis pour de faux, ça me fait plaisir de donner l'occasion à ma bouche de former ces mots une première et une dernière fois :

« Il n'y a pas à dire, mon papa, c'est vraiment le plus fort ! »

Voilà. Il ne me reste plus qu'à trouver un autre éditeur un peu plus futé que celui que Jeannot nomme « son rabatteur de marginaux ». Ainsi, j'espère que le lecteur imaginaire auquel il s'adresse pourra s'effacer et laisser la place à un lecteur bien réel.

Fin

Le journal d'une cloche

Ce livre a été imprimé en numérique à la demande pour la première fois par Lulu Enterprise, 3101 Hillsborough Street Raleigh, NC 27607 United States

*

Edition de la Mouette, 41 rue des lauriers-roses 34200 Sète (France)

Editiondelamouette@aliceadsl.fr

Retrouvez les auteurs et le catalogue de l'Edition de la Mouette sur : www.editiondelamouette.com

N°ISBN : 978-2-917250-61-7

Jean Tirelli

Imprimé en France
FROC031202100620
24226FR00029B/511